고래마을 사람들과 범고래 제이미

고래마을 사람들과
범고래 제이미

글 조민석

작가의 말

 울산에는 전 세계에서 가장 오래된 고래 바위 그림이 있습니다. 글자가 없던 시대에 만들어졌기 때문에 얼마나 오래된 것인지는 모르지만 최소 2,500년이 넘었고, 많게는 7000년 전부터 그렸다고도 하는데 다른 나라의 학자들도 인정하는 내용이라고 합니다.

 울산에서는 이 그림을 아주 소중하게 생각합니다. 조금만 관심을 가지고 둘러보면 거의 모든 장소에서 고래 바위를 찍은 사진이나 모형을 찾을 수 있을 정도입니다.
 저는 저 바위의 그림이 저에게 항상 말을 거는 것을 느꼈습니다. 수천 년을 넘어서 우리에게 전하고 싶은 그 말이 무엇일까요?
 저는 그것이 평화와 번영, 그리고 그것을 지켜주는 착한 마음들이라고 생각하고 이 이야기를 썼습니다.

목차

- 작가의 말   4
- 바위에 새겨진 이야기   7
- 고래 마을   11
- 으뜸 어른의 근심   15
- 새로운 시도   24
- 제이미와 친구들   28
- 제이미와 아빠   36
- 아빠의 추억   39
- 거대 백상아리 마노   48
- 고래 사냥   64
- 1차 전쟁 고래 도둑 떼   77
- 2차 전쟁 인간 포로들   95
- 3차 전쟁 적의 의도   107
- 돌잡이 아저씨들   118
- 제이미의 매복 작전   129
- 음식 전달 작전   133
- 꾸려진 구조대   136
- 속임수에 숨긴 속임수   140
- 생포된 악당들   153
- 종전 협상
  경우가 없네! 경우가   157
- 정말 무서운 밤   168
- 종전 내가 형이네   179
- 범고래와 슬도   186

고래 사냥 막에 도착했을 때는 —지금 사람들이 오리온이라고 부르는—
세쌍둥이 별이 하늘 가운데 떠 있고, 소리섬에서는 모닥불이 타고 있었습니다.

- 본문 中 -

바위에 새겨진 이야기

반구대 암각화 실물 확대 촬영

오늘은 범이 으뜸 어른의 고인돌을 만드는 날입니다. 고래 마을에서는 옛날부터, 으뜸 어른을 맡았던 분이 돌아가신 후 달이 세 번 바뀌고 나면 커다란 고인돌 무덤을 만들었습니다.

해가 지는 쪽에는 지금 사람들이 영남 알프스라고 부르는 큰 산이 있고 뒤쪽으로도 바람을 잘 막아 주는 제법 높은 산이 있는 곳에 소 이백 마리보다 무거운 돌을 옮겨 으뜸 어른이 영원히 잠들 무덤을 만들었습니다.

언양 지석묘

　사람들이 고인돌 무덤을 만드는 동안, 돌아가신 으뜸 어른의 지난날들을 가장 잘 아는 사람이 강 위쪽의 넓은 바위에 으뜸 어른의 삶을 새겼습니다. 지금까지 마을을 지켰던 많은 으뜸 어른들의 삶은 넓은 바위에 반 정도 채워졌습니다. 그래서 이번 범이 으뜸 어른의 삶은 넓은 바위 중간의 아래 정도에 새기게 되었습니다.
　이번에 그림을 맡은 사람은 범이 으뜸 어른의 손자로, 올해 열다섯 살이 되는 차돌이이었습니다. 차돌이는 할아버지에게 세 번만 더 들었으면 백 번이 되었을 그 이야기를 바위에 새기기로 하였습니다.
　차돌이는 먼저 할아버지의 얼굴을 바위에 새겼습니다. 범이 할아버지는 작은 작살 할아버지나 등빨 할아버지와는 다르게 얼굴에 수염도 적고 몸도 작고, 목소리도 작은 마음씨가 고운 사람이었습니다. 할아버지는 무엇이든 잘 만들고 항상 뭔가를 깊이 생각하는 사람이었습니다.

반구대 암각화 전경

차돌은 눈물을 흘리며 할아버지의 얼굴 아래에 커다랗고 심술궂게 생기고 힘차게 헤엄치는 이빨이 커다란 고래를 단단한 돌로 깊게 깊게 새겼습니다. 그리고 마을로 돌아가기 위해 돌아서는데 자기도 모르게 눈물이 확 쏟아졌습니다.

차돌이는 바위 앞에 쪼그리고 앉아서 한참을 울었습니다. 그리고 힘겹게 일어서던 차돌이의 귓가로 할아버지의 목소리가 들렸습니다.

"차돌아, 그래서 다섯 녀석을 잡았는데, 그중에 마을 사람들을 제일 괴롭혔던 녀석의 얼굴을 보니까 말이야, 얼마나 웃음이 나던지 글쎄, 눈두덩이가 시퍼렇게 되어 있는 거야. 워낙 말썽을 많이 피워 그 녀석 아버지가 꼬리로 한 대 때렸다는 거야".

"녀석들이 풀려날 때도 볼 만했지. 그 녀석이 괴롭힌 사람들이 대나무로 좀 때렸거든. 그래서 여기저기 멍이 든 거야. 내가 그 녀석 부모에게 얼마나 미안하던지."

그 순간 차돌이는 빙그레 웃으면서 바위 앞으로 가서 그려 놓은 고래의 눈 근방을 돌로 문질러 멍을 그렸습니다. 그리고 등 여기저기에 막대기로 맞은 흔적도 그려 넣었습니다.

암각화 가운데 아래에 있는 제이미

고래 마을

아주 아주 옛날 바다로 툭 튀어나온 땅의 동쪽 끝에 —지금은 울산이라고 부르는 제법 너른 들판에— 큰 마을이 있었습니다. 바로, 범이가 자란 곳입니다. 이 마을 북쪽으로는 제법 큰 강이 흐르고 그 강가에는 십 리 넘게 대나무도 울창하게 자라고 있었습니다.

울산 박물관 안내도 사진

마을에 가을이 왔습니다. 들판의 곡식들을 거두어 창고에 넣었습니다. 그렇다고 쉴 수 있는 시간은 또 아닙니다. 강으로 올라오는 연어도 잡아 말려 두어야 했습니다. 찬 바람이 불면 마을 앞 강에 연어들이 올라오기 시작합니다. 전에는 돌로 둑을 쌓고 그 아래에 모인 연어들을 창으로 찔러 잡았는데 올해부터는 둑 밑에 넓게 그물을 깔아 두었다가 하루에 한두 번 연어가 모이면 그물을 들어 올려 한꺼번에 많이 잡았습니다.

 이렇게 이 시대의 사람들은 들판에서 농사도 짓고, 물고기도 잡았지만, 낮이 점점 길어지는 늦은 봄철이면 추수한 곡식도 떨어지고, 알을 다 낳은 물고기들도 깊은 곳으로 가고, 산짐승은 높은 산으로 올라가서 매우 굶주렸습니다. 그런데 이 마을 사람들은 해마다 먹을 식량이 떨어지는 때가 되면 남쪽에서 고래들이 새끼 고래를 데리고 저기 강 아래의 바다를 지나간다는 것을 알고 있었습니다. 그리고 다른 마을 사람들과 다르게 고래를 잡을 줄 알았습니다. 그래서 이 마을을 고래마을이라고 불렀습니다.

 해마다 겨울이 되면 고래마을 사람들은 고래를 잡을 준비를 하였습니다. 고래를 잡는 것은 아주 힘든 일이었지만 먹을 것이 아무것도 없는 시기에는 멧돼지 백 마리 만큼 커다란 고래 한 마리는 마을 사람들의 목숨과도 같은 것이었습니다. 그래서 고래를 잡기 위해 미리 준비해 두는 것이었습니다.

고래잡이 준비는 매우 힘들었습니다. 범이네 가족들처럼 농사를 짓거나 물고기를 잡는 낮은 계급의 사람들은 작살잡이들이 타고 갈 배를 만들고, 작살에 연결할 튼튼한 밧줄도 많이 만들어야 했습니다.

고래잡이에는 사람들이 한꺼번에 타고 고래가 있는 곳까지 가고, 고래를 잡으면 싣고 올 매우 큰 배와 빠른 속도로 고래에 다가가서 작살을 던질 작은 배가 필요합니다.

울산 십리 대밭

큰 배는 잘 마른 통대나무 100개를 밧줄로 엮어서 만들었습니다. 길이로는 10발 정도 되었고, 넓이는 다섯 발 정도 되었습니다. 바닥에는 굵은 대나무를 반으로 쪼개어 가로로 덧대어 깔아서 발이 물에 젖지 않게 만들었습니다. 작은 배는 대나무로 틀을 만들고 튼튼하지만 가벼운 가죽을 씌워 기름을 칠한 것으로 다섯 사람이나 탈 수 있는데도 둘이 들 정도로 가볍고 날렵했습니다. 통나무로 만든 배는 튼튼할지는 몰라도 무거워서 너무 느렸기 때문에 튼튼하면서도 가벼운 대나무와 가죽으로 배를 만들었습니다.

높은 계급의 고래잡이들이나 그다음 계급의 사냥꾼들도 편하게 놀 수는 없었습니다. 작살잡이들과 노잡이들은 하루 내내 고래 잡기 연습을 했습니다. 앞에서 빠른 배가 짚단을 끌고 가면 다른 배가 쫓아서 작살을 꽂는 연습을 매일매일 했습니다. 사냥꾼들도 작은 배에 사용할 가죽을 얻고 겨울 동안 마을 사람들이 먹을 짐승 사냥에 나가야 했습니다.

씨를 뿌리는 봄철이 되기 전까지도 할 일은 끝이 없습니다. 노래하는 소리섬이 보이는 언덕에 망루도 지어야 하고, 작살과 농기구도 수리하고 만들어야 하고, 목책도 손봐야 하고, 지붕도 새로 얹어야 했습니다.

으뜸 어른의 근심

 강가 쪽 망루에서 으뜸 어른이 작살잡이들의 훈련 모습을 보면서 연방 한숨을 쉬고 있었습니다. 그리고 혼잣말하면서 혀를 쯧쯧 찼습니다.

태화강의 겨울 철새들

 "아니 요즘 녀석들은 도대체 편한 것만 알아서, 간은 얼마나 작은지. 아니, 그래 고래 잡다가 몇 놈 죽었다고 작살잡이를 안 해?"
 "고래라고 잡아 오는 것이, 그게 무슨 고래야? 고래라면 적어도 다섯 발은 돼야지."

툴툴거리던 으뜸 어른이 마을 안쪽을 보다가 이상한 나무를 빙빙 돌려서 삼 껍질로 밧줄을 만드는 범이를 보았습니다. 자그마한 녀석이 자기보다 훨씬 덩치가 큰 아저씨들을 부려서 밧줄을 빠르게 만들고 있었습니다. 손으로 비벼서 꼴 때보다 몇 배는 빨라 보였습니다.

현대의 사람들은 삼을 대마라고 하여 매우 위험한 식물로 생각하지만, 그 당시 사람들에게는 너무나도 소중한 키 큰 풀이었습니다. 여름철에 빽빽하게 심은 삼은 사람 키보다 더 크게 자랍니다. 그러면 이것을 베어다가 물에 삶아서 껍질을 벗겨 말려 놓습니다. 이 껍질을 잘게 나누어 실을 만들어 옷도 만들고 그대로 꼬아 밧줄이나 신발까지 만들었습니다. 삼으로 만든 밧줄이나 신발은 볏짚으로 만든 것보다 열 배는 질겼습니다.

그때 한 여자애가 먹을 것을 망태기에 가득 담아 와서 일꾼들에게 나누어 줍니다. 사람들이 한창 맛있게 먹고 있을 때 범이의 손을 잡아 끌고 집 뒤로 갑니다. 그리고는 따로 싼 주머니를 주었습니다. 범이는 주머니를 받아서 품에 넣습니다.

"야, 너 또 애들 주려고 그러지, 내가 너 먹으라고 주지, 꼬마들 먹이라고 힘들게 가져오는 줄 알아?"
"애들 줄 때 나도 먹어."
그녀는 주머니를 뺏어서 고기 조각을 꺼내 범이의 입에 넣습니다.
"야! 여기서 다 먹어."
범이는 몇 조각을 더 먹고 슬며시 주머니를 묶어서 다시 품에 넣습니다.

"둘째야, 저기 저 애 우리 '나리' 아니냐?"
"둘이 저렇게 붙어 다닌 지 꽤 되었는데 몰랐습니까?"
으뜸 어른의 일을 옆에서 항상 돕는 '담이' 버금 어른이 대답했습니다.

"하, 어릴 때는 귀엽더니, 골치를 얼마나 썩이는지."
"그래도 나리만큼 예쁘고 생각이 깊은 애도 잘 없습니다."
"생각이 깊어? 생각이 깊은 애가, 남자다운 그 누구야 그 덩치 큰 녀석이 신랑감으로 좋다고 했더니 뭐라고 하는 줄 알아?"

"뭐라고 했습니까?"

"하, 참 내. 남 부끄러워서"

"아빠처럼 힘만 세고 성질 더러운 사람에게는 시집을 안 간단다. 이게 딸이 할 말이야?"

"한 번 불러서 보시겠습니까? 들어보니 마을의 골치 아픈 일도 잘 해결하고 여러 가지 것도 만들어서 물고기도 잘 잡고 그러는 모양입니다."

"저렇게 삐삐 마른 놈이 뭘 하겠어? 딱 봐도 별 볼 일 없는 녀석이구먼."

"혹시 압니까? 으뜸 어른이 걱정하고 있는 것들도 생각하고 있을지?"

으뜸 어른은 한숨을 푹 쉬고 그러라고 하였습니다.

으뜸 어른을 지키는 아저씨가 범이를 데리고 왔습니다.

"야, 네가 그 이것저것 잘한다는 놈이냐?"

"예?"

"요즘 네가 그물로 물고기 한꺼번에 잡는 방법도 생각해 내고, 뭣이냐? 나무 빨리 자르는 톱이라는 것도 만들었다며?"

"저는 말만 하고, 만들기는 어른들이 다 만들었습니다."

'어쭈, 양보도 할 줄 알아?'

으뜸 어른은 강을 보다가 또 한숨을 팍 쉽니다.

"그래 그건 그렇고 저기, 저기를 한 번 봐라."

고래잡이들이 날씨가 쌀쌀한데도 땀을 뻘뻘 흘리며 노를 젓고 있었습니다.

"예?"

"세어 보라고, 세어 봐"

"아니 스무 놈도 안 되잖아."

"어? 저렇게 해서 고래 잡겠어?"

"잡아도 젖비린내 나는 새끼나 잡지."

"……."

"나 때는 말이야 지금보다 마을이 더 작았어도 큰 배 두 척을 띄웠어. 고래도 해마다 두 마리 넘게 잡았는데. 에잇 정말이지 원."

"그 이름이? 아, 범이랬지? 그래 네가 보기에는 왜 그런 것 같나?"

버금 어른이 물었습니다.

범이는 당황했습니다. 이런 문제가 생길 것을 생각도 안 하고 사람들을 자꾸 받아들인 어른들이 참 대책 없어 보였습니다.

몇 년 사이에 범이네 마을은 씨족 마을들이 자꾸 합쳐져서 이제 아주 큰 마을이 되었습니다. 목책만 하여도 다섯 군데나 되었고, 작은 움막촌들도 다 범이네 마을 으뜸 어른을 따랐습니다.

범이가 머뭇거리다가 말했습니다.
"으뜸 어른, 전에는 내가 잡은 물고기를 다 내놓아도 내 가족이 먹으니까 더 많이 물고기를 잡으려고 했습니다. 그리고 농사도 마찬가지고요. 내가 농사지은 쌀을 내 핏줄이 먹는다고 하니까 모두 열심히 노력했습니다."
"그래서?"
으뜸 어른은 꼭 자기를 비난하는 것 같아서 입이 불뚝해졌습니다.
"좀 더 들어보지요."

"그냥 예를 들어보겠습니다. 으뜸 어른하고 가족들이 같이 사냥을 나갔어요. 그래서 큰 멧돼지를 잡아서 온 가족이 골고루 나누어 먹었어요? 기분이 어떻습니까?"
"배부르고 좋지? 무슨 기분?"

"안 아깝습니까?"

"야, 제 자식, 제 부모가 먹는데 뭐가 아까우냐?"

버금 어른은 고개를 끄덕였습니다.

"으뜸 어른, 그럼, 지금 우리 마을은 어떻습니까?"

"어떻기는 어때? 내가 잘한다고 옆 마을도 다 오는구만."

"그러니까 으뜸 어른, 목숨 걸고 고래를 잡아서 옆 마을까지 골고루 나누어 먹으면 고래를 잡는 사람들이 안 아깝겠어요?"

으뜸 어른은 한참을 생각했습니다.

"햐, 이놈 이거 나쁜 놈이네. 그럼 고래 못 잡는 애들하고 노인들은 굶어? 어?"

"네가 잡았다고 물고기 너만 먹으면 누가 마을에 남아 있어? 사람이 말이야 나누어 먹을 줄 알아야지."

"으뜸 어른, 그러니까 사람들이 열심히 고래도 잡고 못 잡는 애들도 안 굶고 하는 방법을 찾아야 하는 것이라고 봅니다."

"그래, 내가 바로 그거 물어본 것 아니냐? 그게 어려우니까. 나도 고래 잡아서 곰족에게 보낼 때는 아까워. 어, 그래도 사람이 같은 식구 하기로 했으니 갈라서 먹어야지."

범이는 답답했지만 그래도 착한 으뜸 어른의 마음을 알게 되어 기뻤습니다.

"범아, 무슨 방법이 있는 것 같은데 그냥 어떻게 하면 좋은지만 말해 봐."

"딱 예를 하나만 들어보겠습니다. 저 고래잡이들이 고래를 몇 마리나 잡겠어요. 아마 한 마리만 잡아도 잘하는 것일 겁니다. 그런데 2마리 잡으면 한 마리는 자기들끼리만 나눠 가져도 좋다고 해보세요. 그럼 당연히 2마리 잡으려고 노력할 것이고, 그 고기가 어디 가겠습니까? 어차피 마을 사람들이 먹지요."

"오, 그렇겠구나."

버금 어른이 고개를 끄덕였습니다.

"어르신 그럼 간단하지 않습니까?"

"그러니까 지금보다 더 얻는 것은 너희들이 가져라. 그러니 열심히 해라. 그리고 자기들이 가져도 남으면 어차피 나눠 먹거나 필요한 것과 바꾼다. 이 말이지?"

버금 어른이 정리해서 말했습니다.

으뜸 어른의 머릿속도 정리되었습니다.

"그럴듯해."

"그러니까 지금보다 더 거둔 것은 자기들끼리 나누어 가지게 해주면 더 많이 잡고 일도 잘 할 거란 말이지?"

"예 맞습니다. 그러면 사람들은 더 열심히 물고기도 잡고, 벼도 열심히 가꿀 것입니다. 사실 요즘 고래만 못 잡는 것이 아니라, 농사도 잘 안되거든요."

'음, 괜찮은 생각이야. 사실 내 마음도 그랬거든.'

으뜸 어르신은 고개를 끄덕였습니다.

"범이야, 너, 내 딸 이삭이 아냐?"

"네, 알고 있습니다. 우리 마을에서 성격이 제일 좋은 누나잖아요."

"그래 잘 아는구나. 나리는 어차피 으뜸 어른이 등빨이와 결혼시킨다니 너는 우리 딸과 살아라."

"예?"

그 순간 으뜸 어른의 커다란 주먹이 버금 어른의 뒤통수를 후려갈겼습니다.

"이 새끼가 같이 늙어 간다고 오냐 오냐 했더니 남의 사위까지 뺏어가려 하네."

으뜸 어른은 여러 마을의 어른들을 모았습니다. 그리고 범이가 말한 방법을 알렸습니다.

새로운 시도

범이네 마을 무거천의 벚꽃

 이렇게 바쁜 시간이 지나고 목책 안 넓은 공터의 벚나무 꽃이 피기 시작하면, 저 멀리 남쪽에서 겨울을 난 고래들이 강 아래 가까운 바다를 찾아오기 시작합니다. 그래서 마을에서는 벚나무 꽃 몽우리가 커지면 고래잡이들은 강 아래 북쪽 언덕 밑에 있는 고래 사냥 막으로 갔습니다. 겨울 동안 만들어 둔 높은 나무 망루에 눈이 밝은 망꾼을 올려보내 교대로 바다를 살피게 하고 작살잡이들과 노잡이들은 바닷가 창고

겸 쉼터에서 고래를 기다렸습니다. 고래잡이에는 망을 볼 사람 대여섯 명과 큰 배 노잡이 열 명, 작살잡이 다섯 명, 작은 배 노잡이 스무 명이 필요합니다. 그래서 보통 큰 배 두 척이 나가면 일흔 명 정도가 바닷가 고래 사냥 막으로 출발을 하는 게 정상입니다.

그런데 올해는 작살잡이와 작은 배 노잡이를 겨우 세 모둠만 꾸릴 수 있었습니다. 그래서 큰 배 한 척에 작은 배 세 척을 싣고 작살잡이 세 명에 작은 배 노잡이 열두 명, 큰 배 노잡이 열 명, 망꾼 네 명 이렇게 스물아홉 명만 싣고 출항 준비를 하고 있었습니다.

그때 범이와 그물잡이 아저씨들이 강가 창고에서 새 밧줄 뭉치와 커다란 염소 가죽으로 만들어 공기를 빵빵하게 넣은 주머니 여섯 개를 들어내서 이번 고래잡이의 대장인 으뜸 어른의 아들 작은 작살에게 다가갑니다.

"어, 밧줄 너무 가는 것 아냐? 그리고 저 가죽 통은 또 뭐냐?"

"밧줄은 가늘지만, 예전에 쓰던 것보다 훨씬 튼튼할 겁니다. 삼 껍질에 고래 심줄을 섞어서 꼬았거든요."

"그래, 한 번 보지 뭐. 어이, 거기 열 사람 이리 와 봐. 다섯 명씩 양쪽에서 당겨봐."

작은 작살은 범이 뒤에 있는 일꾼들에게 지시했습니다.

"와! 저렇게 가는데 잘 버티네."

"예 가늘고 질겨야 작살을 더 잘 던질 수 있다고 해서 한 번 만들어 봤습니다."

"그럼, 저 염소 뒤집은 주머니는 뭐냐?"

"제가 물어보니 고래잡이는 작살을 꽂고 밧줄을 당길 때가 제일 위험하다고 하더라고요. 잘못하면 물속으로 끌려 들어가기도 하고 다치기도 한다고 해서."

"그건 그렇지."

"그러면 작살줄 끝에 저 주머니 두세 개 달아 두면 줄을 붙잡지 않아도 저 통만 따라가면 될 것 같아서 한 번 만들어 보았습니다."

작은 작살은 고래를 잡은 장면을 가만히 떠올렸습니다.

작살을 맞은 고래가 고통에 몸부림치면 내달리면 밧줄이 빠른 속도로 풀려나가고 이 줄을 노잡이들이 잡고 늘어지는데 고래가 잠수라도 하면 줄을 놓을 수밖에 없었습니다. 그래서 고래가 깊은 물속에서 죽으면 떠오르지 않아서, 사람의 고생도 고생이지만 고래는 억울하게 죽었습니다.

무엇보다 큰 손해는 귀한 작살을 잃는다는 것이었습니다. 이것이 아까워 밧줄을 감아서 쥐거나 배에 묶으면 아주 위험했습니다.

"괜찮은 것 같은데, 써 보고 좋으면 너 앞으로 고래잡이 모둠에 들어와라. 쪼잔하게 물고기나 잡지 말고."
 그렇게 고래잡이배들이 떠나고 사람들은 벼를 심을 논을 뒤집어엎느라 다시 바빠졌습니다.

 고래 잡으러 출발한 지 겨우 닷새 만에 큰일이 터졌습니다. 바로 흰점박이돌고래 제이미와 못된 친구들 때문이었습니다.

제이미와 친구들

북쪽 바다에서 제일 큰 흰점박이돌고래의 가족들에게 귀여운 아기 흰점박이돌고래가 태어났습니다. 엄마 흰점박이돌고래 별이와 아빠 달이는 아주 기뻐하였습니다. 그런데 이 녀석이 앞으로 몰고 올 위험을 몰랐습니다.

새로 태어난 아기 흰점박이돌고래는 하루 종일 툴툴거렸습니다.

"너무 심심해."
"뭐 재미있는 것 없어?"

그렇게 하루 내내 재미있는 것 없냐고 칭얼대는 아기의 이름은 재미, 지~에~미, '제이미'라고 부르게 되었습니다. 사실 흰점박이돌고래들은 재미라고 소리내기에는 혀가 좀 짧았습니다.

제이미는 심심하고 지루한 바닷속 삶을 장난으로 건디고 있었습니다. 이는 제이미가 특별하게 못된 애라서 그런 것은 아닌가 봅니다. 다른 흰점박이돌고래들도 제이미 못지않게 별났거든요. 물범을 사냥해서 먹기 전에 하늘로 던지는 녀석들도 있었거든요. 별 이유는 없었습니다. 주로 심심하고 무료한 바닷속 생활을 달래기 위해 괴롭히는 것이었습니다.

말썽꾸러기 흰점박이돌고래 제이미는 점점 자라서 어느새 열네 살이 되었습니다. 그리고 자기와 똑같은 성격의 말썽꾸러기 친구들을 사귀었습니다. 아주 별난 친구들입니다.

입만 열면 거짓말을 하는 '이빨'과 바닷속을 시끄럽게 소리 지르며 헤엄치는 '울음이', 그리고 힘세고 빠른 '번개'와 잘 돌아가는 머리로 항상 새로운 사고를 치는 '사달이'가 바로 제이미의 친구입니다. 가뜩이나 혈기가 왕성한 이 청소년 흰점박이돌고래 친구들은 뭉쳐 다니면서 바닷속 생물 친구들을 괴롭히며 하루를 보냈고, 또 내일은 어떻게 괴롭혀야지 더 재미있고 알찬 하루 보낼 수 있을까? 하고 잠들었습니다.

제이미와 친구들은 오늘도 심심했습니다. 그러다 갈매기 떼를 보고 좋은 생각이 떠올랐습니다. 제이미와 친구들은 먹지도 않을 정어리들을 꼬리로 후려쳐서 바다 위에 하얗게 깔아 두고 멀찍이 떨어져서 물속에 숨어 기다렸습니다.

바다를 가로질러 날아가던 한 떼의 갈매기들이 수면에 하얗게 떠 있는 정어리 떼를 보고는 내려앉아 정어리들을 주워 먹기 시작했습니다.

제이미와 친구들은 이때를 노렸습니다. 수면으로 등지느러미만 내어놓고 갈매기 떼 한가운데로 질주했습니다. 그러자 마치 알 까기 게임의 바둑알처럼 갈매기들은 우스꽝스러운 모습으로 하늘로 튕겨 올랐습니다. 이를 보고 고래들은 낄낄거리며 웃었지만, 지느러미에 맞은 갈매기들은 기절하거나 너무 아파서 소리도 지르지 못하고 허우적거렸습니다.

제이미에게 곤욕을 치른 동물은 갈매기뿐이 아니었습니다. 이날도 제이미와 친구들은 잔소리하는 부모님들을 피해 찬 북극의 바다를 돌아다니고 있었습니다. 무언가 재미있는 게 없는지, 작은 눈들로 바다 위아래를 찬찬히 훑으며 설렁설렁 헤엄쳤습니다.

얼음판 위에서 어렵게 잡은 물개를 맛있게 먹고 있던 북극곰이 있었습니다. 오랜만에 잡은 물개를 배부르게 먹게 된 북극곰은 너무나 행복했습니다. 그런데 북극곰은 생각지도 않은 가장 끔찍한 경험을 하게 되었습니다. 제이미와 친구들 때문에 말입니다.

　숨을 쉬러 물 위로 올라온 번개는 정신없이 물개를 먹고 있는 북극곰을 발견했습니다. 가만히 숨을 들이쉬고 물속의 친구들에게 재미있는 장난을 제안합니다.
　악동들은 꺅꺅-거리는 소리로 웃으며, 슬그머니 얼음 아래로 내려갔습니다.

　제법 큰 물개라서 속이 든든했습니다. 기지개를 켜고 다시 얼음 해안으로 돌아가려는 그때 얼음이 물살에 떠내려가는 것치고는 빠르게 움직이며 점점 먼바다로 향하고 있었습니다. 북극곰은 얼음 아래 차가운 바다를 보았습니다. 세상에! 크고 흉악한 흰점박이돌고래들이 얼음을 밀고 있었습니다.
　북극곰은 점점 멀어지는 땅을 보면서 해안에 가서 먹지 않은 것을 후회하며 무서움에 떨었습니다.

　흰점박이돌고래들이 북극곰을 태운 얼음을 밀고 간 지도 한참이 흘렀습니다. 얼추 연어 5마리는 먹을 수 있는 시간이었습니다. 얼음이 움직임을 멈췄습니다. 아래를 보니 얼음을 밀던 흰점박이돌고래들은 온데간데없이 사라졌습니다.
　북극곰은 두려웠지만 계속 작은 얼음판 위에 있을 수는 없었습니다. 그래서 용기를 내어 북극의 거친 바닷속으로 뛰어들었습니다.

북극곰은 의지가 강하고 자부심도 큰 동물이었습니다. 그들은 북극 얼음판 위의 제왕이었습니다. 그리고 수영도 자신이 있었습니다. 물속에서 흰고래나 뿔 고래를 잡은 적도 있었거든요. 그래도 곰은 육지 동물이었습니다.

아득히 보이는 해안을 향해 바다의 거친 물결을 헤쳐가는 것은 너무나도 고통스러운 일이었습니다. 고래들에게는 가까운 거리인지 몰라도 땅에 사는 곰에게는 멀기만 한 거리였습니다. 그래도 포기하지 않고 젖 먹던 힘까지 끌어내어 헤엄쳤습니다. 제이미와 친구들은 감탄했습니다.

"대단한데? 얼마 안 남았어."
제이미와 친구들은 북극곰을 응원해주기로 합니다.
북극곰은 물을 뿜는 소리에 뒤를 돌아보고 기겁합니다. 5마리의 흰점박이돌고래가 물을 뿜으며 너울처럼 스멀스멀 다가오고 있었습니다.

이제 해안이 코 앞입니다. 북극곰은 죽을 듯이 힘들었지만 너무 무서워서 젖 먹던 힘까지 짜내었습니다. 하지만 역시나 땅에 사는 짐승은 물에 사는 흰점박이돌고래의 속도를 당해 낼 수 없었습니다. 울음이가 북극곰의 발가락을 살짝살짝 깨물었습니다. 그리고 상어처럼 등지느러미를 드러내고 주위를 에워쌉니다.

 탈진한 북극곰은 젖 먹던 힘도 남지 않았습니다. 이제까지 무적이라고 생각했던 커다란 발과 발톱도 고래의 덩치를 보고는 왜소하게 느껴졌습니다. 그리고 그냥 눈을 감아 버렸습니다.

"얘 봐라, 포기하는데."
 울음이가 주둥이로 북극곰을 툭툭 건드렸습니다.
"지느러미도 없는 게 애썼지."
 번개가 말했습니다.
"이제 놓아주자. 불쌍하다."
 제이미가 자신들을 즐겁게 해준 북극곰을 놓아주자고 했습니다.
"놓아주자고?"
 사달이가 물었습니다.

"그럼, 뭐 우리에게 잘못한 것도 없잖아!"
번개가 대답했습니다.

"참, 저 하얀 털북숭이는 못 먹는 거 알지?"
제이미의 말에 친구들도 고개를 끄덕였습니다.

사람들도 나중에 알게되었지만 북극곰을 먹으면 배앓이를 심하게 하고, 좀 더 많이 먹으면 피부가 갈라지면서 죽기도 하였습니다.

"뭘 좀 먹으러 가자, 근데 뭐 먹을까?"

번개의 제안에 울음이가 고래 울음소리를 여기저기로 보내 보더니 멀지 않은 곳에 연어 떼가 있다고 합니다.
북극곰은 또 한 번 살아남았습니다. 물을 뚝뚝 떨어뜨리며 넓은 얼음판에 올라 퍼버벅 물을 털자 얼음 방울들이 사방에 튑니다. 아주 운이 좋았습니다. 그래도 포기하지 않고 끝까지 헤엄쳤기에 망정이라고 생각하며 몸을 부르르 떨었습니다.

"아, 물개 먹은 게 없던 게 되어버렸네."

북극곰은 다시 배가 고파져서 아무 생각도 못 하게 되었습니다. 다만 저 멀리 보이는 얼음판 위에서 물범이 풍기는 냄새만 머릿속에 가득 찼습니다.

제이미와 친구들은 맛있는 연어를 몰아서 든든히 배를 채웠습니다.

제이미와 아빠

　정신없이 놀다 보니 제이미와 친구들은 북쪽으로 너무 많이 올라왔습니다. 저 멀리 남쪽에서 고래들의 고함이 바닷물을 타고 다급하게 울렸습니다.
　제이미와 친구들의 가족이 부르는 소리였습니다. 제이미와 친구들은 어슬렁어슬렁 헤엄을 치며 남쪽으로 내려갔습니다. 며칠 사이에 날씨가 무섭게 추워져서 머리 위에는 빈 곳보다 얼음이 더 많았습니다. 제이미와 친구들은 슬슬 걱정되었습니다. 덩치가 큰 흰점박이돌고래는 얼음이 얼면 물범이 파 놓은 숨구멍으로는 숨을 쉴 수가 없어서 죽을 수밖에 없다는 어른들의 잔소리가 생각이 났습니다.
　"야, 빨리 가자. 이러다가 얼음에 갇히면 다 죽는다."

　제이미와 친구들은 부모들의 소리가 나는 방향으로 빠르게 헤엄쳐 나갔습니다. 그리고 남쪽으로 출발하려는 고래 떼에 겨우 합류할 수 있었습니다.

제이미와 친구들이 숨을 헐떡이고 있는데 아빠 고래와 엄마 고래가 달려왔습니다. 그리고 아빠 흰점박이돌고래 달이가 제이미의 뺨을 꼬리로 때렸습니다.

그동안 엄마에게는 자주 맞았지만, 아빠에게 그것도 앞지느러미가 아니라 꼬리로 맞아 본 것은 처음이었습니다.
얼마나 세게 맞았던지 눈에서 눈물이 핑 돌았습니다. 물속에 사는 고래가 눈에 눈물이 날 정도로 아팠습니다. 원래 물속에 사는 동물은 눈물이 필요 없거든요. 그렇게나 아팠습니다.
"아이씨, 내가 뭘 잘못했다고 때리는데."

그 순간 아빠의 허리가 다시 돌아갔습니다. 제이미는 가슴지느러미로 얼굴을 가렸습니다.
"여보, 그만 해요."
엄마가 아빠의 옆을 가로막았습니다.

"엄마, 씨, 내가 뭘 잘못했다고 아빠 저 난리야?"
엄마가 제이미의 얼굴을 빤히 보았습니다. 그러더니 갑자기 꼬리로 뺨을 후려쳤습니다. 흰점박이돌고래는 암수 모두 다혈질인가 봅니다.

"이게 어디서!"

제이미의 뺨이 부풀어 올랐습니다. 다행히 까만 얼굴이라 표는 덜 났지만 눈 뒤의 하얀 피부가 시퍼렇게 멍이 들었습니다.

이번에는 아빠가 말립니다.
"아 여보, 이제 정신 차렸을 거야. 그만합시다."
별이가 화를 벌컥 냅니다.
"애가 당신 닮아서 저렇게 경우가 없는데! 오냐오냐하니까 가족을 다 죽일 참인데! 저걸 놔둬?!"
아빠 고래는 아무 말도 못 합니다. 제이미 가족들은 온통 엄마 편이거든요.

아빠의 추억

　제이미와 친구들의 가족들은 서둘러 남쪽으로 헤엄쳤습니다. 부모들에게 혼나고 얻어맞은 친구들은 기가 팍 죽어서 뒤쪽에서 열심히 따라갔습니다.

"제이미, 괜찮아?"

　여자친구 진이의 목소리였습니다. 진이는 다른 무리의 여자 흰점박이돌고래입니다. 먼저 출발한 진이네 가족들과 제이미네 가족들의 거리는 상당히 벌어졌지만, 북극에서 남극까지의 거리에서도 서로 이야기하는 고래들에게 이 정도 거리는 가까운 거리였습니다. 인간들이 수천 년 후에 겨우 만들어낸 전화기를 고래들은 조상님들의 시대 때부터 가지고 있었습니다. 고래들은 이것을 '먼바다 울음 이야기'라고 합니다.

"조금 아프다. 꼰대들이 친구들하고 놀다 조금 늦은 거를 가지고 혼내잖아."

제이미는 진이에게 투덜거립니다.

"그래, 제이미는 또 뺨이 부었나?"

진이 아버지의 목소리입니다. 먼바다 울음 이야기의 문제점은 귓속말이 되질 않는 것입니다.

달이가 답합니다.

"애가 맞을 만했어. 바다가 얼어붙는 것도 모른 채 놀다 늦게 오는 바람에 버리고 오려고 했다니까요?"

진이네 흰점박이돌고래 무리가 웃습니다.

"그거 맞을 만했네."

진이의 엄마가 말했습니다.

제이미는 뺨도 아파 죽겠는데 가족들뿐만 아니라 여자친구의 가족들도 함께 놀리니 기분이 좋지 않았습니다.

"제이미, 너무 심한 장난은 치지 말고 조심해. 우리가 아무리 크고 힘세도 물살에 휩쓸리거나 암초에 부딪히면 위험해. 또 그럴 리는 없겠지만 혹시 몰라 우리를 혼내주겠다고 마음먹은 다른 동물을 만나게 될지."

진이가 나름대로 작은 소리로 말했습니다.

"진이, 역시 내 걱정하는 건, 너밖에 없다니까. 알았어. 고마워."

참 이상한 일입니다. 세상 누구의 충고도 잔소리로 들리는데 진이의 잔소리는 걱정하는 것으로 들립니다.

"그래, 조심해서 남쪽으로 와."

"그럼, 도착해서 봅시다."

진이네 가족들과 제이미네 가족들은 인사를 하고 먼바다 울음 이야기를 끝냈습니다.

아빠 달이가 속도를 줄여서 기가 꽉 죽어서 맨 뒤에서 헤엄치는 제이미 옆으로 붙었습니다.

제이미는 모르는 척했습니다.

"큼큼"

아빠가 헛기침했습니다.

제이미는 그래도 모르는 척했습니다.

"야, 아빠가 엄마 만난 이야기해 줄까?"

제이미는 별로 궁금하지 않았습니다. 엄마에게 구박이나 받는 아빠와 엄마의 사랑 이야기가 왠지 시시해 보였습니다.

제이미는 싫은 티를 팍팍 냈습니다. 그리고 방향을 살짝 바꾸어 친구들 옆으로 갔습니다. 그러자 아빠가 또 따라붙었습니다.

아빠는 어떻게든 제이미를 달래고 싶어서 옛날이야기를 시작했습니다.

"내가 너만 했을 때 겨울에 남쪽 바다에 도착했는데 그 전에 그렇게 많던 돌고래와 큰 참치가 별로 안 보이는 거야. 알고 보니 굉장히 거친 하얀 상어들이 닥치는 대로 사냥을 하니 다 도망간 거지"

제이미는 안 듣는 척했습니다. 그렇지만 처음 듣는 흰 상어라는 것 때문에 호기심이 생겼습니다.

"보통 상어도 크지만, 이 하얀 상어는 물고기치고는 엄청나게 커. 그런데 이게 또 굉장히 빠르고 이빨도 무시무시해서 혼자서 잡는 것은 거의 불가능해."

그래도 제이미는 관심이 없는 척했습니다.
"우리도 다 자란 흰 상어를 잡으려면 최소한 둘은 있어야 했거든. 그런데 이것이 잡기는 엄청 어려운데 맛이 워낙 없어. 아, 물론 간은 먹을 만했지."

그리고 제이미를 힐끗 봅니다.

'그럼 그렇지. 네가 궁금한 것은 못 참지.'

아빠가 갑자기 잠잠하게 헤엄만 칩니다.

그러자 제이미가 궁금함을 못 참고 아빠에게 물어봅니다.

"그런데 우리는 왜 흰 상어를 왜 못 봤어요?"

"그래. 그 이야기도 하려고."

"그러니까 우리가 너만 할 때 남쪽 바다에서 겨울을 나고 있었거든."

"그때나 지금이나 솔직히 사는 것이 심심하잖아. 그래서 아빠와 친구들은 맨날 뭉쳐서 큰 상어들을 찾아서 괴롭히다가 간만 빼 먹고 죽이고는 했지."

"아니, 안 먹을 것을 왜 죽여요? 언제는 먹는 것으로 장난치면 굶는다더니?"

아빠는 지느러미로 뺨을 문지르면서 잠시 이야기를 멈추었습니다. 그리고 속도를 높여서 가족들을 따라잡았습니다.

"그러니까 내가 철이 없었지."

제이미는 멍든 얼굴을 아빠가 잘 보이게 돌리면서 말했습니다.

"그런데 왜 때려요?"

아빠가 잠시 멈칫하더니 조용히 말했습니다.

"나도 맞았었다."

둘은 아무 말 없이 마주 보다가 낄낄 함께 웃었습니다.

"엄마 만난 이야기는 하지 말까? 아빠 사실은 그날로 돌아가면 엄마 안 구했다."

"그건 그렇고, 흰 상어는 왜 없어졌어요?"
"그러니까 먹을 거로 장난치면 굶는다는 것이거든."
"왜요?"

"그러니까 아빠와 친구들이 그 상어들을 그렇게 괴롭혔는데, 그 상어 중에 퉁바리라고 머리가 좀 돌아가는 녀석이 있었어. 우리가 하도 괴롭히니까 그 녀석이 따로따로 다니는 큰 상어를 끌어모은 거야."
"원래 물고기는 떼로 다니잖아요."
"다른 상어는 몰라도 그 녀석들은 워낙 사나워서 혼자 다녀도 우리 말고는 바닷속에 적이 없거든."

"하루는 나와 친구들이 가다랑어 떼를 몰아서 사냥하고 있었는데 저 멀리서 고래 비명이 막 들리는 거야. 그래서 친구들과 급하게 가 봤더니 글쎄 그 큰 상어 수백 마리가 고래 한 가족을 포위하고 막 공격하고 있는데… 벌써 고래들이 제법 다치고 난리였지."

"예? 수백 마리? 무슨 멸치 떼여요?"

제이미는 아빠가 옛날부터 허풍이 세다고 생각했습니다.

"하여간 큰 상어가 엄청 많고, 고래들은 피를 흘리고 있었어. 나와 내 친구들은 겁이 났지만, 고래들을 구해야 한다는 생각으로 그대로 돌격했다. 특히 내가 앞장서서 상어 중 딱 봐도 제일 큰 녀석을 입으로 받아 버린 거야."

제이미는 아무리 생각해 봐도 그림이 이상했습니다. 이빨도 무섭고 덩치도 어마어마한 수백 마리의 상어에게 겨우 열 몇 살 먹은 고래 몇이 돌진하여 상어를 물리친다는 것이 말입니다.

"아빠, 혹시 '이빨'이 아빠 아니어요? 무슨 뻥이?"

아빠는 찔끔했습니다.

사실은 큰 상어가 백여 마리 가까이 모인 것은 맞지만 그들을 다 물리친 것은 어른들이었거든요. 달이와 그 친구들이 맹렬히 돌진한 것도 맞고 통발이를 머리로 받은 것도 맞지만, 오히려 같이 포위되어 위험하게 되었는데, 친구들의 가족들이 모두 모여들어 상어를 물리치고 엄마의 가족들을 구한 것이었습니다.

"그때, 그 고래 가족 중에 네 엄마가 있었거든. 내가 워낙 용감하고 멋있으니까 네 엄마가 얼마나 졸졸 따라다니던지."

제이미는 나중에 엄마에게 한 번 확인해 봐야 할 것 같다고 생각했습니다.
"아빠, 그럼 고래 수십이랑 상어 수백이 싸웠으면 엄청나게 다치고 죽었겠네요?"
"아니 그건 아니야. 내가 협상을 주도했지. 이렇게 계속 싸우면 서로 피해가 너무 크니까 서로 물러나자고. 원래 싸움이라는 것이 자기가 죽지 않을 때 재미있지, 피가 튀고 살이 찢어지면 누구나 겁을 먹거든."

제이미 아빠 달이가 협상을 주도한 것은 사실이었습니다. 통발이를 워낙 괴롭힌 죄도 있고 하여 달이가 싸우는 중에 통발이에게 사과했거든요.
그래서 싸움은 순식간에 중지되고 서로 싸우면 손해만 있다는 것을 알고 물러났습니다.

"그리고 다음 날부터 흰 상어가 한 마리도 안 보이는 거야. 돌고래들이 자기들끼리 떠드는 소리를 들으니까 저 멀리 남쪽으로 다 갔다고 하더라."

"크~ 아깝다. 아빠 같은 장난꾼만 없었으면 올겨울에 흰 상어 간을 먹어보는 건데."

"그러니까 이 녀석아, 괜히 이유 없이 다른 동물을 괴롭히면 우리가 손해를 본다니까. 위험하기도 하고."

제이미의 귀에는 아무 소리도 안 들렸습니다. 그냥 하얗고 큰 상어의 간은 어떤 맛일까만 생각났습니다.

거대 백상아리 마노

그렇게 이런저런 이야기를 하면서 도착한 남쪽은 —제비가 겨울이면 돌아가는 곳으로, 바다가 따뜻하여 큰 고래들이 새끼를 낳는— 섬이 많은 바다였습니다.

흰점박이돌고래들은 차가운 바다에서 지내다 와서 더운 바닷물이 조금 힘들었지만, 이내 금방 생생해져서 장난치며 놀았습니다. 그와 함께 제이미도 뺨이 다 가라앉으면서 얻어맞은 기억도 같이 가라앉아 즐겁게 장난칠 준비를 합니다.

제이미와 친구들도 다시 뭉쳤습니다. 이제는 더운 바다의 동물들이 긴장할 차례입니다.
물고기들이 소리칩니다.
"큰일이야, 돌고래들이야!"

물고기들은 각자 바위굴과 산호초 틈으로 숨었습니다. 자바리 한 마리가 조심스럽게 고개를 내밀어서 돌고래들이 오고 있다는 방향을 보았습니다. 돌고래들의 모습이 점점 커지더니 완전히 모습을 드러내게 됩니다. 하지만 그 모습은 장난기 넘치는 사냥꾼의 모습이 아니었습니다. 다급하게 무언가로부터 도망치고 있는 모습이었습니다.

"뭐지?"

자바리는 의아해했습니다. 그때 옆에서 나이 많은 물고기의 목소리가 들려왔습니다.

"허허, 녀석들 임자를 제대로 만났네."

늙어서 몸 빛깔이 은색을 띤 곰치였습니다.

"할아버지, 저게 무슨 일이에요? 우리도 이기는 놈들이 뭐가 저리 무섭다고, 도망치는데요?"

"어린 자바리구나, 기다려 봐라. 온다."

곧이어 검은색과 흰색이 섞인 거대한 둥근 머리의 괴물이 굴 앞을 지나갔습니다.

"세상에! 저게 뭔가요?"

"흰점박이돌고래 놈들이다. 돌고래 놈들 고생 꽤 하겠어."

"우리도 큰일 난 거 아녜요?"

"저 대범한 분들은 우리같이 좀스러운 물고기는 잡아먹질 않아, 크고 맛있는 것만 잡아먹는 미식가라네. 그건 그렇고 이제는 내 굴에서 나가주게. 식사해야 해서 말이야."

곰치 할아버지는 돌고래 소동이 일어나기 전에 잡은 문어를 우물우물 씹어먹기 시작했습니다. 그 모습을 본 어린 자바리는 배가 고파져 문어의 다리를 깨물었습니다.
"이 어린놈이."
곰치 할아버지는 자바리의 머리를 깨물어 쫓아냅니다.

제이미가 투덜거립니다.
"돌고래 놈들, 생각보다 빠르네."
배가 고픈 5마리의 젊은 흰점박이돌고래들은 입맛을 다셨습니다.
"그러게, 생각보다 쉽지 않네."

이빨이가 제일 아쉬워했습니다. 왜냐하면 이빨이가 돌고래 사냥을 제안한 것이기 때문이었습니다. 제이미와 친구들은 돌고래 떼를 쫓기 전에 맛있는 황다랑어를 잡기로 하였거든요. 그러다 돌고래 떼를 마주쳤고, 이빨이가 돌고래를 잡는 방법을 안다고 하자 쫓은 것이었습니다.
하지만 돌고래들은 영리하였고, 어린 흰점박이돌고래들은 미숙했습니다.
"아, 배고파, 어떡할 거야. 이빨아."
울음이가 배가 고프다며 징징댑니다.

"그러게 어디 좋은 게 없나?"

번개는 친구들과 있는 게 재미있고 좋지만 굶는 것은 싫었습니다. 그래서 차라리 자기 무리와 함께 사냥할 걸 하고 후회했습니다.

그때 사달이가 갑자기 몸을 틀었습니다.

"뭐야? 사달아?"

제이미가 무언가를 쫓는 사달이를 보고 말했습니다.

"너희나 굶어라, 저기 맛있어 보이는 물고기가 있네."

사달이가 본 물고기는 자바리였습니다. 이름에 '바리'가 붙은 고기는 살이 단단하고 단맛이 나서 어느 지역에서나 고급으로 쳐 주는 바닷고기였습니다.

"아이고, 저것들은 물고기는 안 먹는다면서?"

자바리는 검은색 머리에 무시무시한 큰 하얀 눈을 가진 괴물이 웬만한 동굴보다 큰 입을 벌리고 다가오자 낼 수 있는 모든 힘으로 헤엄쳤습니다.

"아이고, 영감님. 같이 좀 삽시다."

"뭐야? 여기가 어디라고 기어들어 와! 썩 꺼지지 못해!"

"아이고! 할아버지 불쌍한 물고기 좀 살려주세요."

"아, 또 놓쳤다."

사달이는 자바리가 들어간 굴을 들여다보았습니다.

"으악-"

자바리는 비명을 질렀습니다.

"안심하게 저 큰 덩치로 어디를 들어오겠나."

놀란 자바리를 곰치 할아버지가 진정시켰습니다. 숨을 고르던 자바리는 괴물의 눈을 쳐다보았습니다. 그러다 흰 것이 눈이 아니라 무늬였고, 눈은 그 앞쪽 끝에 작고 검은 게 눈이라는 걸 알았습니다.

"아이고, 덩치는 크면서 눈은 고작 쥐치 똥만 하네."

자바리는 커다란 눈을 더 크게 뜨면서 말했습니다.

"뭐라고? 한 입 거리도 안 되는 게."

사달이가 굴의 입구를 들이박습니다. 모래 물이 들어오자 곰치 할아버지가 짜증을 냅니다.

"거참 못 들어오는 걸 알면 빨리 포기하지."

그리고 나이 든 물고기 삶에서 한 실수 중 가장 바보 같은 실수를 합니다.

감히 흰점박이돌고래의 눈을 쪼아 버린 것입니다. 그런데 정말 이것은 곰치의 의지가 아니었습니다. 원래 굴속에 사는 물고기들은 굴 앞에 무엇이 나타나면 자기도 모르게 쪼아버리는 것이 본능이었거든요.

"어쭈! 이것들이."

사달이가 씩씩댑니다.

"어이구, 친구 버리고 맛있는 걸 먹으려고 했는데 잘 안되나 보네."

제이미가 다가옵니다.

"아, 열받네. 들어갈 수도 없고"

제이미가 굴을 쓱 하고 봅니다.

"이야, 친구는 눈이 더 작다. 거의 먹장어인데."

까부는 어린 자바리와 다르게 곰치 할아버지는 덜컥 겁을 냅니다. 할아버지는 오래 산 만큼 여러 물고기와 바닷속 동물들의 얼굴을 봐왔습니다. 제이미라는 이 흰점박이돌고래의 얼굴은 예사롭지 않았습니다.

"야, 이 녀석아, 그만 닥쳐."

말렸지만 늦었습니다.

제이미는 화를 내지 않습니다. 어이가 없어서 웃습니다.

"아주 굴 안에서 신이 났네."

제이미는 큰 돌을 물고 옵니다. 그리고 굴의 입구를 꽉 막아버립니다.

"굴속에서 신나게 더 오래 있어봐라."

자바리는 머리로 돌을 밀어내보려고 합니다.

"영감님, 갇혔는데요."

"아이고, 아이고. 일 났네, 일 났어."

자바리와 곰치 할아버지는 그 후 열흘을 굶은 후에야 좁은 틈으로 빠져나올 수 있었습니다.

제이미는 주제도 모르는 물고기 두 놈을 혼내준 뒤 사달이에게 말합니다.

"너는 조그만 것들이 놀리는 거에 좀스럽게 화를 내냐? 다음에는 화를 내지 말고 어떻게 하면 더 곤란하게 만들까를 생각하고, 골탕 먹이는 거야."

"크크 역시 제이미야. 알았어. 휴 조그만 것들이 까불고 있어."

"그나저나 배고프네, 진짜 뭐 먹을 게 없을까?"

건방진 물고기 두 마리를 응징하여도 여전히 배가 고픈 건 마찬가지였습니다.

"야, 뭐가 있다."

번개가 초음파로 무언갈 찾았나 봅니다.

"물고기 떼야? 아니면 물개, 돌고래?"

"물고기들치고는 너무 크고, 돌고래들보다 더 큰데 피부가 고래도 아니야. 한번 가보자."

제이미와 친구들은 번개가 발견한 게 무엇인지 모르지만 배도 고프고 해서 한 번 가보기로 합니다. 그리고 뭐 어때요? 돌고래보다 조금 크다고 해서 감히 흰점박이돌고래에게 덤비겠습니까?

"얘들아, 여기가 바로, 나와 삼촌들의 고향이다. 세상의 고래들이 대부분 여기서 새끼를 낳거든. 큰 물고기도 많고 물도 따뜻하고 좋지?"
백여 마리의 상어들이 거의 회색인 거대한 상어 앞에 모여 있습니다.
어디선가 고래들이 새끼를 낳고 있나 봅니다. 향긋한 피 냄새가 나는 것 같습니다.

"그럼, 오늘은 쉬고 내일부터 고래 사냥을 하자."
상어들이 삼삼오오 짝을 지어 주변으로 흩어졌습니다.
"형제들은 졸지 말고 애들 잘 지켜라. 이쪽 바다에는 얼굴에 점 있는 미친 녀석들이 자주 나타나니까."
나이가 들어 피부가 거의 회색인 삼촌들이 쉬고 있는 상어들 사이를 살피면서 천천히 돌아다녔습니다.
"아, 저것들이 아빠가 말한 흰 상어들이구나. 다 남쪽으로 가서 없다고 하던데? 어쨌든 간이 맛있다고?"

제이미가 입맛을 다셨습니다.

"근데 숫자가 너무 많은 거 같은데."

울음이가 살짝 겁을 먹습니다.

"물고기가 많아 봤자지."

번개가 낄낄거립니다.

"근데 저놈은 좀 커 보인다."

울음이가 대장 상어를 가리킵니다. 제이미가 큰 대장 상어를 보고 피식 웃으며,

"울음아, 뭐가 그렇게 무섭니? 맛있는 음식이 무서워?"

"그렇지만……."

"그리고 우리에게 상어잡이 이빨이도 있어. 안 그래 이빨아?"

이빨은 언제 한번 큰 상어 일곱 마리와 싸워서 이긴 무용담을 늘어놓은 적이 있습니다. 아마 이빨이 아빠도 제이미 아빠처럼 뻥이 센 모양입니다. 그리고 실제로 싸운 것은 이빨이 아빠일 것입니다. 어쩌면 이빨이 아빠도 자기 아빠의 이야기를 훔친 것인지도 모르겠습니다.

"그. 그렇지."

"울음아, 만일 내가 당해도 우리 이빨이가 너는 지켜줄 거야."

그리고 거만한 표정을 지으며 여유로운 몸놀림으로 상어

떼 한가운데로 헤엄쳐갔습니다.

제이미와 친구들이 웃습니다.

갑자기 나타난 흰점박이돌고래에 색이 짙은 작은 상어들이 무서움에 떱니다. 울음이는 그 모습을 보고 안심하고 상어 한 마리에게 다가갑니다.

"악-"

무서워서 떨던 작은 상어가 엉겁결에 울음이의 뺨을 물었습니다.

"아야야, 아파."

피 냄새를 맡은 상어들이 제이미의 무리를 에워쌉니다.

"어어, 이것들이 까불고 있어. 제이미 혼내주자."

번개가 상황을 파악하지 못합니다. 제이미는 고래라 땀을 흘리지는 않지만, 식은땀을 흘린 사람처럼 온몸에 서늘함을 느꼈습니다.

'잘못 건드렸다.'

"도망쳐."

제이미는 재빨리 어려 보이는 상어 한 마리를 머리로 받아 기절시킨 뒤 친구들과 함께 도망쳤습니다.

흰점박이돌고래들이 무서운 상어 떼에게 쫓겨 도망치고 있습니다.

"형님, 저것들도 꽤 맛있을 것 같지 않아요?"
"그래. 옛날부터 내가 저것들 한번 먹어보고 싶었다."
 동생들의 말에 통발이는 말할 수 없는 기쁨에 수백 개의 이빨이 다 보이게 웃으며 말했습니다.

"아무렴, 온갖 좋은 고기는 다 먹은 흰점박이돌고래의 고기야말로 바닷속에서 최고로 맛있는 고기일 거다. 쫓아라!"
 오늘이 그날인가 봅니다. 진이가 말한 언젠가 혼날 그 날, 제이미와 친구들은 만만하게 보던 상어가 그냥 물고기가 아니라는 것을 깨달았습니다.

"으악-"
"서라, 이놈들!"
 상어들은 흰점박이돌고래들와 비슷한 속도로 쫓아왔습니다. 큰 고래를 잡기 위해 모인 백여 마리의 상어 떼는 애송이 흰점박이돌고래 5마리가 당해낼 수 없었습니다.
 굶주리고 거대한 상어들의 끈질긴 추격에 제이미와 친구들은 점점 지쳐갔습니다.
"엄마, 살려줘."
 제이미가 엄마를 불렀습니다.
 상어들은 흰점박이돌고래 고기를 맛볼 수 있다고 기뻐하

였습니다.

　점점 지쳐가는 제이미의 뒤를 따라잡은 상어 한 마리가 꼬리를 물려고 하였습니다.

　퍽-

　상어들이 추격을 멈춥니다. 제이미의 꼬리를 물려던 상어는 엄마 별이의 머리에 받혀 기절해 튕겨 나갔습니다.

　그리고 그 뒤로 네 가족이나 되는 흰점박이돌고래들이 보입니다. 제이미네 가족들뿐만 아니라 울음이와 이빨이의 가족과 진이네 가족들도 함께 모인 겁니다.

"이제 어떡하지요. 형님?"

"아, 정말. 야, 애들 다 불러. 오늘 끝장을 보자."

　뒤에 처졌던 상어 무리들이 속속 도착합니다.

"물러서지 않는다. 오늘에야말로 바다의 제왕이 누구인지 가려보자."

　통발이가 맹렬하게 달려들었습니다. 퍽-

　달이가 주둥이로 통발이의 옆구리를 들이받았습니다.

　달아나던 제이미와 그 친구들은 숨을 헐떡이면서 달이 뒤로 숨었습니다.

무리 중 큰 상어들이 퉁발이 주위로 모여들었습니다. 옅은 회색 상어들의 덩치가 거의 흰점박이돌고래만 하였습니다.

나머지 고래들도 달이를 중심으로 모여들었습니다. 양쪽은 서로 조금도 물러날 기미가 없었습니다.

"하, 참, 내 오랜만에 고향에 왔는데 뭐 이런 것들이 있냐?"

퉁발이가 입을 크게 벌리고 이빨을 보이며 고래들을 위협하였습니다. 회색 눈동자는 화가 나서 번들거렸습니다.

아빠 고래 달이가 작은 눈을 깜박입니다. 상어 우두머리가 아무래도 낯익었습니다. 특히 옆구리 쪽에 난 흉터는 그 옛날 상어들과 싸울 때 본 적이 있었던 것 같습니다.

"너 혹시 퉁발이 아니냐?"
"퉁발이? 세상에 그런 상어도 있냐?"
"야, 너 맞잖아. 그 옛날에 우리가 친구일 때 내가 너 뚱뚱하다고 퉁발이라고 놀렸던 거 기억 안 나냐?"

상어 중에서는 머리가 매우 좋은 퉁발이었지만 고래보다는 아니어서 퉁발이는 한참 생각을 합니다. 무려 스물다섯 해나 지난 일이거든요.

그래도 워낙 큰 사건이었기 때문에 드디어 퉁발이도 생각이 났습니다.

"너, 너, 그 미친 고래 맞지?"

"너 새끼 잘 만났다. 네놈 때문에, 우리가 남쪽으로 다 이사 갔었는데. 어, 너 잘 만났다. 오늘 한 번 붙어보자."

상어는 고래와 다르게 나이를 먹어도 조금씩은 자랍니다. 그래서 그때는 달이보다 작았지만, 지금은 오히려 달이보다 더 컸습니다.

"야, 그때 우리 화해했잖아. 기억 안 나?"

"화해는 무슨 화해? 네놈이 겁먹고 물러난 거지."

"이거 왜 이래, 그때 끝까지 싸웠으면 너희들 다 죽었어."

"그럼, 너희들은 무사했고? 우리야 좀 죽어도 한 번에 새끼를 많이 낳아. 금방 회복이야. 너희들은 해가 몇 번 바뀌어야 한 마리지만 우리는 안 그래. 지금이라도 한 번 붙어보자."

"그래, 내가 모두 다 잘못했다. 솔직히 내가 아직도 너 같은 것 열 마리는 한 방에 보낼 수 있지만 애들 다치면 큰일이니 이쯤에서 그만하자. 어, 내가 미안하다고."

"참, 내가? 아직도 옛날 그 뚱땡이 꼬마로 보이냐? 내가 저 남쪽에서 골로 보낸 고래만 수십이야."

"그래, 그래, 우리 자식들도 있고 하니 좋은 게 좋은 것 아니냐? 여기 너희들이 스무 해 넘게 비우는 바람에 돌고래도 많고 참치도 엄청 많다. 그러니 서로 잘 지내자."

"내가 너 만나면 끝장을 보려고 했는데 나도 저 뒤에 자식들이 있어서 참는다."

"뭐? 야, 저 뒤에 있는 쟤들이 다 네 애들이냐?"

"다는 아니고 한 서른은 내 자식이다."

"저 뒤에 꼴통 자식들은 다 너 같은데 모두 네 아들이냐?"

"아니, 고래가 물고기도 아니고?"

"저기, 아기 데리고 있는 애가 큰 딸이고 여기 요 녀석이 막내. 중간 녀석은 떠나서 지금 다른 무리에 들어가 있고."

"야, 통발아, 우리 살아 있는 동안은 서로 건들지 말자. 어차피 서로 먹으려고 싸우는 것도 아니고."

"뭐 그렇게 사정하니 그래 보지 뭐."

"사정은 아니고, 그냥 좀 나잇값은 하자고."

"그래서 통발이라고 부르냐? 애들 앞에서?"

"그럼, 뭐라고 부를까?"

"부르지 마. 그래도 부르고 싶으면 저 남쪽 바다에서는 마노라고 불린다."

그 후 북반구에서는 흰점박이돌고래와 상어들은 서로를 먹거나 죽이는 일이 거의 없었습니다.
"마노? 어디서 많이 들어 본 말인데?"
큰 바다를 건너서, 지금은 아메리카 대륙이라는 땅의 서쪽 캘리포니아 앞 바다가 고향인 제이미 할아버지가 고개를 갸웃합니다.

고래 사냥

울기등대

훗날 울기등대라고 부르는 언덕의 높은 나무 위에 지은 망루에서 고래마을에서 제일 멀리 보는 사람 둘이 저 멀리 남쪽 바다를 보고 있었습니다.

소리섬 앞 바다에는 고래의 의심을 줄일 수 있는 뗏목들이 떠 있었습니다. 그때 저 멀리 남쪽에서 까만 점이 물을 품는 모습이 보였습니다. 망루에 있던 망꾼이 가죽 북을 둥둥 쳤습니다. 그러자 고래잡이들이 작은 배 세 척을 들어서 큰 배의 난간에 싣고 잘 묶은 다음 필요한 밧줄과 염소 가죽 주머니 그리고 작살과 창을 챙겨서 작은 배 위에 싣습니다. 그리 큰 배에 노와 삿대를 싣고 작은 배에도 각각 4개의 노를 고정했습니다.

울산 대교 전망대에서 본 울산항

그리고 하루가 지났습니다. 멀리서 머뭇거리던 고래는 바다에 떠 있는 뗏목이 움직이지도 않고 그냥 나뭇더미일 뿐이라는 걸 알고, 그 사이까지 와서 뗏목 주변에 모인 정어리를 열심히 먹고 있었습니다.

나타난 고래는 중간 크기의 다섯 살쯤 되는 엄마에게서 막 독립한 밍크고래였습니다. 고래들은 매우 똑똑한 동물이기 때문에 여러 마리가 있는 것을 공격하여 한 마리가 잡히면 그 고래들은 절대로 육지 가까이 안 오기 때문에 고래잡이들은 막 독립하여 혼자 다니는 고래를 주로 노렸습니다.

"자, 가자."

작은 작살이 허리에 두 뼘 정도 되는 칼을 차면서 일어섰습니다.

그러자 작살잡이 세 명과 작은 배 노잡이 열둘, 그리고 큰 배 노잡이 열 명이 조용히 배에 탔습니다. 큰 배 가운데는 높은 망대가 설치되어 있는데 망꾼 중 하나가 그 위로 올라갔습니다.

배는 조용히 미끄러져 소리섬 뒤에서 대기했습니다.

섬 앞 오백 걸음 앞에 고래가 있습니다.

작은 작살이 말합니다.

"작은 배 밧줄 풀고, 200걸음 앞까지 붙는다."

그러자 작은 배의 노잡이들이 잽싸게 작은 배를 묶은 밧줄을 풉니다.

배는 서서히 미끄러져 고래 가까이 다가갑니다.

"작은 배 세 척 모두 내리고, 내가 먼저 가서 길목을 막을 테니 등빨이는 왼쪽, 송곳니는 오른쪽으로 붙어라."

"내가 출발한 다음, 백을 세고 출발해라."

앞쪽에 있던 작은 작살의 배가 조용히 고래를 돌아서 먼 바다로 나갑니다.

마음속으로 백을 센 다음에 등빨이와 송곳니가 지휘하는 배가 좌우로 약간 벌리고 앞으로 나갑니다. 노꾼들은 노를 들지 않고 물속에서 조용히 끌어서 저었습니다. 당길 때는 넓은 면으로, 밀 때는 좁은 면으로 하여 노 젓는 소리는 거의 안 나지만 배는 상당히 빠른 속도로 앞으로 나갑니다.

어느새 고래는 세모꼴로 둘러싸였습니다. 고래도 뭔가 다가오는 걸 보았지만 자기 덩치보다 훨씬 작기도 하고, 지금까지 자기들을 공격한 것들이 바다에는 없었기 때문에 열심히 정어리를 잡아먹고 있었습니다. 마치 우리가 물속에서 작은 붕어를 만나면 무시하는 것처럼 말입니다.

배들은 고래에 닿을 듯 접근하였습니다. 작살잡이들은 작살을 들고 뱃머리에 섰습니다.
작은 작살의 배에서 경험이 많은 노꾼이 숫자를 셉니다.

"하나, 둘, 셋"
작살잡이들이 허공으로 솟았다가 작살을 내리찍습니다. 겨우내 연습한 보람이 있었습니다. 세 작살이 모두 고래의 몸에 깊숙이 박혔습니다. 고래는 깜짝 놀라서 먼바다를 향해 엄청난 속도로 도망가기 시작했습니다.

배 앞에 사려 둔 밧줄이 엄청나게 빠른 속도로 풀려갑니다. 노꾼들이 밧줄을 잡으려고 합니다.

"밧줄 그대로 둬. 이번에는 그 녀석 말대로 한번 해보자고."

사실 엄청난 속도로 풀려가는 밧줄을 잡을 자신도 없었습니다. 밧줄을 잡았다가는 손바닥이 다 까질 것 같습니다.

"저러다가 고래가 깊이 들어가서 죽으면 못 건질 텐데요."

"그 녀석이 저 염소 가죽 주머니 때문에 떠오른다고 했으니 한 번 믿어보자. 저렇게 큰 녀석이 물속으로 들어가면 우리도 다 끌려 들어간다."

밧줄이 다 풀리고 염소 가죽 풍선이 팅팅 소리를 내면서 바다로 튀어 나갑니다. 그리고 한동안 앞으로 끌려가다가 물속으로 사라집니다. 사람 몸통만 한 공기주머니 여섯 개가 물속으로 끌려 들어간 것입니다. 그냥 밧줄을 잡고 있었으면 배가 끌려 들어갔을 것 같습니다.

그리고 바다 위에는 붉은 핏물만 보이고 아무것도 남지 않았습니다.

"아니, 이거 놓친 것 같은데요. 그런 물고기나 잡는 녀석 말을 믿고, 헛고생만 한 것 같아요."

"돌아가면 이 새끼 반 죽여야지. 풀씨나 키우는 녀석이 뭘 안다고 나서서."

작은 작살도 슬슬 불안해지기 시작합니다.

"큰 배 앞으로 몰고 와라. 사냥은 실패다. 돌아간다."
큰 배가 서서히 다가와서 작은 배들을 들어 올려 고정합니다.
작은 작살은 허탈합니다. 그 녀석 정도면 한 마리만 하여도 모든 부족이 한 달은 견딜 수 있고, 그 한 달이면 보리와 밀의 수확을 시작할 수 있는 시간입니다. 그리고 무엇보다 소중한 작살 3개를 잃은 것이 더 화났습니다.
거친 싸움꾼인 작은 작살은 솟구치는 짜증을 주체할 수가 없었지만, 무리를 이끌어야 하는 그로서는 화를 삭일 수밖에 없었습니다.

"야, 망꾼, 올라가서 혹시 뭐라도 보이나 봐."

망꾼은 어차피 사라진 고래를 찾으라고 해서 귀찮았지만 작은 작살의 거친 성격을 알기 때문에 다른 망꾼까지 데리고 큰 배 가운데 세워진 높은 망대 사다리를 기어 올라갔습니다. 그리고 이리저리 둘러보았습니다.

그때 저 멀리 뭔가 하얀 물체가 물속에서 살짝 올라왔습니다.
"작은 작살님. 저기 한 천 걸음 앞에 뭔가 하얀 것이 있습니다."
"야, 너 꼬마는 이리 내려와."
작은 작살이 후다닥 망대 위로 튀어 올라갔습니다,
"어디?"
"저기, 그런데 이제 두 개인 것 같은데요?"
아직 작은 작살 눈에는 아무것도 안 보입니다. 그래도 갑자기 기대됩니다.

"배 왼쪽으로 조금 틀어서 전속력으로 전진. 작살잡이들까지 모두 노를 젓는다."

배가 조금씩 가까워지자 작은 작살 눈에도 하얀 것이 보입니다. 그때 또 다른 하얀 것이 물속에서 솟아오릅니다. 염소 가죽 주머니입니다.
"고래 떠 오른다. 더 속도 높이고, 작살잡이들은 작은 배 풀고 창 몇 자루 싣고 기다려라."

   배가 염소 가죽 주머니로 가까이 접근하니 6개의 주머니 중 2개는 터졌는지 4개의 주머니가 수면에 떠 있었습니다. 그리고 주머니로 연결된 밧줄은 여전히 물속 깊숙이 늘어져 있었습니다. 그리고 밧줄을 따라 붉은 피가 미역 줄기처럼 이어져 있었습니다.

   그때 갑자기 주머니가 먼바다 쪽으로 사정없이 달리다가 다시 바닷속으로 사라집니다.
   "야, 짝귀, 고래 숨 얼마나 버티냐?"
   "우리 아버지 말로는 백을 백번 셀 정도는 버틴다고 하던데."

   "야, 망꾼들 빨리 올라가서 잘 살펴봐."

   백을 스무 번 정도 셀 시간이 지나갔습니다.
   "작은 작살님, 오른쪽 오백 걸음 앞에 주머니 떠 올랐습니다."
   "전원 노 들고 전속력으로 앞으로, 작살잡이들은 큰 창 들고 대기!"

작은 작살은 커다란 갈고리가 달린 장대를 들고 뱃전에 서서 앞을 노려봅니다.

"좀 더 왼쪽으로 가야 합니다."
"왼쪽 첫째, 둘째 노 쉬고, 오른쪽 더 세게 저어라."
배가 주머니에 빠르게 접근하는데도 주머니들은 그 자리에 가만히 있습니다.

작은 작살이 주머니 하나를 건져 올려 연결된 밧줄을 잡아 왼쪽에 있는 노꾼들에게 맡기고, 다른 주머니를 건져서 밧줄을 오른쪽 노꾼들에게 잡게 합니다. 밧줄이 팽팽하게 당겨집니다.

"밧줄에 고래가 붙어 있다. 죽었거나 못 움직이는 것 같으니 천천히 당긴다. 고래가 갑자기 튀어 나가면 다치니까 밧줄을 놓아야 한다. 욕심내지 말고. 천천히 당겨"

밧줄은 팽팽하게 깊은 바닷속으로 잠겨 있습니다. 모두 땀을 뻘뻘 흘리며 밧줄을 당깁니다. 그렇게 밥 두 번 먹을 동안만큼 당기니 드디어 고래가 보이기 시작합니다.

"조금만 더 힘내자. 작살잡이들은 창 준비하고 고래가 살아 있으면 한 번에 끝내야 한다."

수면으로 떠 오른 고래가 거친 숨을 토합니다. 너무 많은 피를 흘리고, 오랫동안 숨을 못 쉬어 움직이지 못하지만 그래도 살아 있습니다.

"더 끌어당기고, 등빨이. 창으로 앞 지느러미 바로 뒤를 한 방에 찔러라."

등빨이가 몸을 솟구쳐 창으로 고래의 숨통이 있는 곳에 창대가 반이나 박히게 찔러 넣습니다. 고래가 몸을 부르르 떨다가 움직임을 멈춥니다.

"미안하다 고래야."
그러자 모두 입을 모아 크게 외칩니다.
"하느님. 고맙습니다!"

"노꾼들은 좀 쉬고, 작살잡이들은 밧줄로 고래를 배 뒤로 묶어라."
고래를 배 뒤에 묶은 다음, 작은 배들을 고정하고 밧줄과 창들도 가지런히 정리합니다.

"모두 고생했다."
배에 탄 모든 사람이 함성을 지릅니다.
"야 망꾼, 어느 방향으로 가야 해?"
망꾼이 잽싸게 망대로 올라갑니다. 그리고 해가 지는 쪽을 살펴봅니다.

"모르겠습니다. 산봉우리 같은 것만 하나 보입니다."
너무 멀리 왔나 봅니다. 게다가 해도 서서히 지고 있습니다.

"야, 전부 노 들어, 망꾼은 그래도 잘 찾아 보고, 저기 해지는 쪽으로 간다. 왼쪽만 노 젓고"
배가 서서히 돌아서 해가 지는 쪽으로 나갑니다. 그러다가 해가 수면 아래로 쏙 사라집니다.

"작은 작살님 해도 안 보이고 이러다가 집에 못 갑니다."
등빨이가 걱정스러운 얼굴로 물어봅니다.

"야 등빨아, 너는 먹을 동안에 생각 좀 하고 살아라. 저기 해 지는 방향 하늘에 뭐가 보이냐? 어, 저기 큰 별 안 보여?"
서쪽 하늘에 샛별이 찬란하게 빛나고 있었습니다.

곧 저 별도 지겠지만 그때는 일곱 개의 별을 오른쪽에 두고 앞으로 갈 수 있다는 것을 작은 작살은 어른들에게 배웠습니다.

그렇게 열심히 노를 저어서 앞으로 갑니다.

"작은 작살님, 모닥불이 보입니다."

작은 작살은 급히 망대로 올라갑니다. 큰소리는 뻥뻥 쳤지만 사실 걱정이 이만저만이 아니었습니다. 이러다가 땅과 점점 멀어지면 준비한 물이 떨어지면 모두 죽을 수도 있다고 생각했습니다. 저 멀리 모닥불이 보입니다. 멀리 나간 고래잡이들을 위해 소리섬에 큰 모닥불을 피운 것 같았습니다.

"밑으로 너무 내려왔네. 오른쪽으로 돌린다. 망꾼 방향 맞으면 알려 주고, 오른쪽 노 멈추고. 다섯 세고 같이 젓는다."
"섬 보이니 교대로 쉰다. 망꾼 한 명은 방향 보고, 짝수 자리 노꾼은 물 마시고 눈 붙인다. 나머지도 천천히 저어라. 섬 도착하면 억지로 내리지 말고 닻 내리고 그냥 배에서 쉬어라."

그리고 작은 작살도 뻗어 버립니다. 기분이 날아갈 것 같았습니다. 왁왁 고함이라도 지르고 싶었지만 남은 힘이 하나도 없었습니다. 어차피 지금 들어가도 어두워서 고래를 잘라 말릴 수도 없기에, 시원한 바닷물에 고래를 담가 두는 게 더 나을 것 같습니다. 그래도 걱정하고 있을 사람들을 생각해서 힘들지만, 망꾼에게 횃불을 만들어 망루에 달라고 시키고는 잠이 듭니다.

1차 전쟁
고래 도둑 떼

 남으로 내려가던 햇님이 다시 돌아오기 시작하자, 흰점박이돌고래들은 계속 있다가는 더워 죽을 것 같은 열대 바다에서 다시 북쪽으로 돌아가기 위해 풍족하게 먹습니다.

 남쪽으로 내려올 때 제이미는 아버지 달이가 아주 강하고 멋있어 보였습니다. 어떤 어려움도 아빠만 믿으면 될 것 같았습니다. 그런데 상어들에게 비굴하게 물러나는 것을 보고 이제는 자기가 가족을 돌보아야 할 것 같다고 생각하였습니다. 그래서 제이미와 그 일당들은 무리의 앞으로 헤엄쳐 나갔습니다.

 "얘들아, 솔직히 지난번에 상어들에게 우리가 밀린 거지. 아빠들 믿을 수 있냐?"
 "그래 나도 영 실망이다."
 이빨이 고개를 끄덕이면 맞장구를 쳤습니다. 그래서 제이미 일당과 제이미의 여자친구 지니 그리고 지니의 친구들까지 여덟 마리의 어리지만 용감한 고래들이 앞장을 서서 북쪽으로 북쪽으로 나아갑니다.

해가 열 번 솟았다가 사라졌을 때 ―여름 사냥터로 가는 길의 중간쯤에 있는 툭 튀어나온 땅에― 도달하게 되었습니다.

흰점박이돌고래들은 잠시 이곳의 바다에 머물면서 쉬기로 하였습니다. 툭 튀어나온 이 땅의 바다는 맛있는 물고기들과 물개들 그리고 북극으로 향하는 큰 고래들을 잡기 좋은 곳이거든요.

"이야, 더운물 때문에, 힘들었는데 살 것 같다."

슬도 등대

진이가 말하였습니다. 찬물을 더 좋아하는 흰점박이돌고래들은 모두 그 말에 동의하였습니다.

"그러게, 이거 봐 식감이 단단하다."

언제 잡았는지 사달이가 큰 방어를 질겅질겅 씹으면서 대답했습니다.

열대 물고기들은 색깔이 알록달록하고 예쁠지는 몰라도,

찬 바다의 물고기들처럼 맛있지는 않았습니다. 더운 바다의 물고기들은 더운물 때문에 살이 좀 물렁물렁하지만 찬 바다의 물고기들은 차가운 물이 살에 탄력을 주어서 탱글탱글하기 때문입니다.

슬도 상징물

제이미 일당이 사냥하기 위해 멈춘 곳은 먼 훗날, 이 물고기가 많이 잡혀 항구의 이름이 방어진이라고 하는 곳이었습니다. 고래마을 사람들의 고래 사냥 막이 있는 곳이기도 했습니다.

제이미 일당들이 속도를 줄일 때 앞쪽에서 하얀 거품이 일고 있었습니다. 큰 방어 떼가 전갱이 떼를 사냥하고 있었습니다. 방어 떼들이 깊이 잠수했다가 엄청나게 큰 군집을 이룬 전갱이를 수면으로 돌진하면서 먹어 치우고 있었습니다.

"우리는 더 깊이 잠수하여 저 큰 녀석들을 먹자."

흰점박이돌고래들은 깊이 잠수하였다가 솟아오르면서 방어들을 덮쳤습니다. 물고기가 하늘로 날아서 도망갈 수도 없었습니다. 방어들을 한입에 삼키기도 하였고 지느러미로 때려 기절시킨 후 편하게 먹었습니다. 고래들은 방어로 실컷 배를 채웠습니다.

제이미도 맛있게 식사했습니다. 배도 부르고 바닷물은 조용하고 딱 알맞게 시원했습니다. 제이미 일당들은 서로 가까이 붙어서 살랑이는 파도에 몸을 맡기고 설핏 잠이 들었습니다. 어른 고래들은 잠을 안 잔다고 하지만 어린 고래들은 어른들이 돌보기 때문에 깊이 잠들기도 하였습니다.

찬란한 아침 해가 떠오르고 제이미 일당들은 다시 배가 고파졌습니다.

그때 먼바다 쪽에서 착착착―하는 소리가 규칙적으로 들렸습니다. 제이미 일당들은 고개를 들어 무엇인지 보았습니다. 제일 큰 고래만 한 덩치를 가진 동물이 엄청나게 느리게 자기들 쪽으로 다가왔습니다. 제이미와 친구들은 깜짝 놀랐습니다.

그래서 물속으로 머리를 처박고 냅다 도망을 갔습니다. 한

참을 도망가다가 다시 여덟 마리의 젊은 고래는 수면 위로 나와서 그 동물을 살펴보았습니다. 그런데 느려도 너무 느렸습니다.

"가까이 가보자."
"위험하지 않을까?"
"야, 우리가 아빠들처럼 겁쟁이냐?"
"저 봐! 아직도 제 자리다. 위험하면 도망가면 되지."

고래들은 조금씩 조금씩 접근하였습니다. 그리고 소리를 내어서 돌아오는 소리로 그 큰 동물을 살펴보았습니다.
"아닌 것 같은데."
"뭐가 이상하지?"
"그래 아무래도 살이 아니고 딱딱한 나무토막 같은데?"
"좀 더 가까이 가보자."
"야, 제이미 또 사고 치려고?"
진이가 걱정스럽게 속삭였습니다.
"내가 무슨 사고를 쳤다고 그래?"
일당들은 서서히 다가갔습니다. 아무 일도 안 일어났습니다. 그러자 점점 용기가 나서 그들은 누워서 약간 깊게 잠수하여 그 동물을 빙 돌면서 자세히 살폈습니다. 길이는 자기들 몸의 세 배 정도 되어 보였고, 양옆으로는 정말 볼품없는 지느러미 여러 개가 마치 벌레의 다리처럼 물을 헤치고 있었습니다. 그런데 뒤쪽의 지난여름에 잡아먹은 적이 있는 큰 고래가 한 마리가 끌려가고 있었습니다.

'뭐지?'

제이미가 고개를 살짝 들고 수면 위를 살폈습니다.
"저거 사람 아니냐?"
그러자 다른 녀석들도 잽싸게 고개를 들었다가 내렸습니다.
"사람 맞는 것 같다."
"뒤에 고래는 죽은 것 같지?"
"내가 가까이 가서 보고 올게."
"야, 하지마."

제이미는 겁이 났지만, 아빠처럼 겁쟁이로 보이고 싶지 않았습니다. 그래서 아주 가까이 그것의 아래로 지나갔습니다. 아무 일도 안 일어났습니다. 제이미는 점점 용기가 났습니다. 그래서 그것의 바로 옆까지 가서 머리를 내밀고 위를 보았습니다.

그것의 위에는 열대 바다의 섬에서 가끔 보았던 사람이라는 동물들이 많이 있었습니다. 그 순간 그들 중 하나가 기다란 나무 막대기를 휙 던졌습니다. 그러나 나무 막대기가 미치기에는 약간 먼 거리였습니다.

제이미가 무리에게로 돌아왔습니다.

"사람들이 커다란 나무로 만든 물건에 타고 고래를 잡아오는 것인가 봐. 고래고기 맛있겠던데."
"야, 저 고래 뺏자."
"안 돼, 우리보다 세 배도 더 큰 고래를 죽여서 끌고 가는데 우리도 죽는다."
진이가 친구들의 앞을 막으면서 소리쳤습니다.
"야, 저건 크기만 크지, 순한 밍크잖아. 우리와 다르지. 우리가 누구냐? 북쪽 바다의 위대한 사냥꾼들 아니냐?"
"아, 밍크 먹고 싶다."
사달이가 평소에 좋아하던 예쁜 보라가 말했습니다. 그러자 사달이가 말했습니다.
"그래 우리가 누구냐? 뺏자."

그리고 고래들이 머리를 맞대고 빙 둘러서 의논을 시작했습니다.

"무슨 좋은 방법 있냐?"
"전에 어른들이 얼음판 위에 있는 물개를 잡을 때 보니까 얼음을 뒤집어엎던데."

고래들이 한참 의논하는 동안 작은 작살의 고래잡이배는 소리섬 오백 걸음 앞까지 왔습니다.

"사달이와 여자 고래들은 오른쪽으로 돌아서 저기에 붙은 줄을 물고 바닷속으로 들어가고 나머지 우리 넷은 왼쪽 밑에서 밀어 올리는 거야. 저것이 엎어지고 사람들이 바다에 떨어지면 먼바다로 통째로 밀고 가서 고래를 먹는 거지. 매달아 놓고 먹으면 다 먹을 때까지 가라앉지도 않고. 죽이지?"

"서두르자. 저것들 땅에 올라가면 못 잡는다."
먼저, 사달이와 암컷 고래들이 빠르게 헤엄쳐서 배의 오른쪽 아래를 물고 뒤로 헤엄치기 시작했습니다.
그리고 제이미와 세 녀석은 배의 왼쪽 아래로 들어가서 배를 밀어 올리기 시작했습니다.

배가 오른쪽으로 기울기 시작했습니다.

작은 작살이 고함을 쳤습니다.

"저 미친 것들이 배를 뒤집는다. 칼로 작은 배 묶은 줄 자르고 물에 띄워! 그리고 창 안 가져온 큰 배 노꾼들 작은 배에 타라. 야, 작살 잃으면 안 되니 작살 챙겨."

"야 망꾼, 잘 챙겨. 쟤들 잃으면 돌쇠 아저씨에게 맞아 죽는다. 망꾼 먼저 배에 태워."

"작은 배 타는 애들은 모두 창 하나씩 챙겨라. 우리가 물에 빠지면 저것들이 덮칠 건데, 작은 배 중심으로 둘러싸서 창으로 지킨다. 엎어지기 전에 빨리 뛰어들어."

강 위에서 훈련으로 단련된 고래잡이들은 눈부신 속도로 움직였습니다. 작은 배를 풀어서 바다에 던지고 망꾼과 노꾼까지 작은 배에 던지듯이 태우고 창 하나씩 들고 바다에 뛰어들어서 창을 비스듬히 바닷속으로 겨냥했습니다.

배가 서서히 오른쪽으로 기울더니 넘어가 버렸습니다. 가벼운 대나무로 만든 배라서 가라앉지는 않았지만 배 위에 있던 물건들이 바닷속으로 쏟아져 버렸습니다.

그리고 엎어진 큰 배가 먼바다로 빠르게 멀어지고 있었습니다. 고래를 달고 말입니다.

고래잡이들은 참 어이가 없었습니다.

제이미와 친구들은 엄청나게 신났습니다. 어른들이 상어

보다도 위험하다고 말했던 인간들에게서 맛있고 어마어마하게 큰 고래를 뺏었으니 말입니다.

　제이미가 좋아서 공중으로 펄쩍펄쩍 뛰었습니다. 뒤따라오던 가족들이 제이미 일당과 만났습니다. 뭔가 사달이 난 게 틀림없습니다. 인간들의 대나무 배는 뒤집혀 있고 커다란 고래도 한 마리 죽어 있었습니다.
　"아버님, 어머님 시장하시죠? 우리가 큰 고래 한 마리를 가져왔으니 많이 드세요."

　어른 고래들은 믿지 않았습니다. 아무리 순한 밍크고래라도 흰점박이돌고래들보다 큰 고래인데 풋내기 아이들이 잡았다니요. 어림도 없는 소리입니다. 어른들은 밍크고래를 살펴보다가 네 군데나 나 있는 커다란 작살 자국을 보고 하얗게 질립니다.

　달이의 꼬리가 제이미의 얼굴을 강타했습니다.
　"너희들이 사람들을 공격한 거야?"
　"하, 참 미쳐."
　항상 인자하던 할머니까지 인상을 팍 쓰면서 한숨을 쉬었습니다.

"큰 울음으로 모든 무리를 모아요. 그리고 애들 다 가두어 두고."

제이미 아빠가 큰 울음으로 고래들을 부릅니다.

그리고 어른들은 무리를 빙 둘러쌉니다. 어린 고래들은 배가 고픈지 배에 매달린 고래를 뜯어 먹습니다. 어른들은 무슨 고민이 그렇게 큰지 한숨만 쉬고 고래는 입에 대지도 않습니다.

하루가 지나자 앞서거니 뒤서거니 출발한 고래들이 모두 모였습니다.

"애들이 사람을 건드렸어요. 그것도 저렇게 큰 고래를 잡은 것을 보니 고래마을 사람들 같아요."

"미친 거 아니야?"

사달이 아빠가 사달이의 뺨을 꼬리로 후려칩니다.

번개는 잽싸게 도망가려고 하였지만, 어른 고래들이 빙 둘러싸고 있어 도망도 못 가고, 번개 엄마에게 얻어맞고 눈물을 글썽였습니다.

"사람들이 얼마나 똑똑하고 강한지 알죠? 지금까지 이유는 모르지만 우리는 안 건드렸는데 이제는 아마 무자비하게 공격당할지도 몰라요."

"당분간 저 먼바다에 있는 땅을 빙 돌아서 다녀야 할지도 모릅니다."

"특히 어린 애들이 위험하니 항상 잘 챙겨야 할 것입니다."

어른 고래들이 저마다 말을 합니다.

어른들이 이렇게 회의하는 동안 제이미와 네 마리의 친구들은 살금살금 몰래 모였습니다.

"아니, 힘들게 고래 가져다가 줬더니 갑자기 왜 때리고 난리야."

"어이가 없어서. 아씨, 이빨 흔들리는 것 같다."

"야, 큰 소리 내지 마, 나 골 흔들려."

"아니, 겁쟁이는 자기들만 하지."

"칭찬해야 하는 것 아니야?"

진하해수욕장

어른 고래들은 한참을 의논합니다. 그리고 배를 타고 나오는 사람은 무조건 피하기로 했습니다. 어차피 배만 피하면 고래와 사람이 만날 일은 없기 때문입니다.

북쪽으로 이동하는 고래들이 모두 모이니 고래들의 숫자가 생각보다 많았습니다. 아기들 빼고도 백 마리가 넘는 대식구였습니다. 이렇게 많은 식구가 모이면 당장 먹는 것이 문제가 됩니다.

백 마리가 넘는 식구를 먹일 만큼 물고기나 물개가 모일 수는 없기 때문입니다. 그래도 오랜만에 모였기 때문에 며칠은 조용하고 포근한 바다에서 쉬어 가기로 하고 북쪽으로 가는 길을 멈추었습니다. 이곳은 아주 먼 훗날 진하해수욕장이라고 부르게 되는 곳이었습니다.

명선도에서 바라본 진하해수욕장

어른 고래들이 해안에서 좀 떨어진 바다에서 무리끼리 모여서 휴식을 취할 때 제이미 일당들은 가족 무리에서 슬쩍 빠져서 모였습니다. 먼바다 쪽으로는 어른들이 작지만 날카로운 눈을 반짝이며 지키고 있어서 해안 쪽으로 슬슬 움직였습니다.

제이미와 친구들은 해변을 따라 헤엄쳤습니다. 그리고 해변에서 먹을 것을 채집하고 있는 인간으로 보이는 동물들이 보였습니다.
"그런데 제이미, 쟤들은 미역도 먹는 걸까?"
이빨이가 그 모습을 보고 말합니다.
"에게, 쪼끄마하잖아. 어른들 괜히, 진짜 겁쟁이들!"
그 말에 제이미가 답합니다.
"우리도 여러 가지 먹잖아. 저것들도 이것저것 다 먹겠지."

이빨이가 미소를 짓습니다.
"야 우리 파도 만들고 놀자."
제이미와 일당들은 서로를 쳐다보다가 바로 이해를 했습니다.
좀 먼 바다에서 옆으로 나란히 서서 힘차게 달립니다. 그리고 해안 바로 앞에서 방향을 획— 꺾었습니다. 그러자 정말 작은 산 만한 파도가 해안을 쓸어 버립니다.

바닷가의 모래밭에 나뭇가지를 깔고 그 위에 널어 말린 미역들이 파도에 휩쓸려 바다로 둥둥 떠내려갑니다. 그리고 그 옆에서 놀던 털이 난 짐승과 사람 아이들이 비명을 지르며 나동그라집니다.

제이미와 친구들은 그 모습을 보며 아주 즐겁게 웃었습니다.

"아이고야, 힘들게 말린 미역이."
아낙들이 발을 동동 굴렀습니다.

그때 한 아이가 어른들을 불러왔습니다.
"저기예요."
"뭐야? 진짜네, 고래들이 미쳤나?"
남자들이 창을 던졌습니다. 하지만 재빠른 고래들이 맞아줄 리가 없었습니다.

흰점박이돌고래들이 놀랍니다.
"우악- 쟤들 뭔가 던지는데."
제이미와 친구들은 물속에 떨어진 창을 살펴봅니다.

"음, 이걸로 고래를 잡는구나. 확실히 우리 이빨보다 크고 날카롭네. 맞으면 큰일 나겠다."

한 번 더 파도를 일으킵니다. 그나마 남아 있던 미역들은 모래 범벅이 되어 떠내려갑니다. 그리고 높이 뛰었다가 힘차게 떨어져서 물을 쏘아 보냅니다.

남자들이 씩씩거립니다. 고래들은 특유의 까르르-거리는 소리로 얄밉게 비웃습니다.

"아니, 젊은이들이 이렇게 힘을 못 써서 어디다 쓰겠나."

보다 못한 할아버지가 젊은이의 창 하나를 빼앗아 듭니다. 이 할아버지는 소싯적에 뛰어난 작살잡이였습니다.

울산 근교의 바닷가

"창은 말이야, 여기, 여기, 어, 허릿심으로 던져야지. 함 봐
봐."

할아버지는 한 수 가르쳐 보이겠다는 마음으로 창을 던져
보았습니다. 하지만 힘 좋은 청년들이 던진 창도 어렵지 않
게 피하던 고래들이 늙은이의 창에 맞을 리가 없었습니다.
  고래 중 한 마리가 잠수합니다. 그리고 모래 속에서 잡은
작은 졸복을 물고 할아버지를 바라봤습니다. 창을 겨우 한
번 던지고 허리를 삐끗한 할아버지는 끙끙거리고 있다가 그
장난기 어린 고래의 까맣고 작은 눈과 마주쳤습니다.

"뭐, 뭐고?"
  투- 퍽
"아악-"

고래의 입에서 발사된 복어는 정확히 할아버지의 오른쪽
눈에 명중하였습니다.
"아이고, 어르신!"

청년들이 할아버지를 부축할 동안 해변에서 볼 재미는 다
봤다고 생각한 고래들은 마지막으로 거칠게 파도를 일으켜

할아버지와 청년들에게 물을 뿌려주고 가족들에게로 돌아갔습니다.

눈두덩이가 시퍼렇게 된 할아버지가 씩씩 화를 내며 그 고래 놈을 절대로 가만히 놔두면 안 된다고 고래고래 소리 지릅니다.
이 마을의 으뜸 어른인 할아버지는 물개잡이들과 사냥꾼 그리고 전에 고래잡이 경험이 있는 사람들을 모았습니다. 그리고 그들을 이끌고 북쪽 고래마을로 행군해 갔습니다. 고래잡이배를 빌리든지 함께 하든지, 저 괘씸한 녀석들을 반드시 잡아먹어주겠다고 생각을 하면서 길을 떠났습니다.

2차 전쟁
인간 포로들

 고래잡이들이 고래를 잡아 오다가 거의 고래만큼 큰 흰점박이돌고래들에게 습격받아서 창고에 앓아 누워 있다고 망꾼 하나가 달려와서 알렸습니다.

 큰 작살 으뜸 어른이 소리쳤습니다.
 "뭐라고? 애들이 그렇게 당했단 말이냐?"
 고래 사냥 막에서 달려온 망꾼은 으뜸 어른의 화난 모습에 다리가 벌벌 떨렸습니다. 원래도 목소리가 크고 험상궂게 생긴 으뜸 어른이었습니다.

 마을에 남아 있는 은퇴한 작살잡이와 사냥꾼까지 싸움꾼들을 불러 모았습니다.
 그때 흰구름산 마을에서 스무 명의 사내와 눈에 멍이 든 그 마을 으뜸 어른이 찾아왔습니다. 그리고 흰점박이돌고래들의 만행을 이야기했습니다.

"돌고래 따위가. 그동안 맛이 없어서 안 잡았더니 간이 부었군. 아예 박살을 내 주자."

으뜸 어른은 큰 배 두 척과 여섯 척의 작은 배를 거느리고 바다로 달려갔습니다.

배가 고래 사냥 막이 있는 곳에 도착하자 으뜸 어른은 부리나케 달렸습니다. 제법 큰 창고 안에는 거의 탈진한 작은 작살과 고래잡이들이 쉬고 있었습니다.

다행히 크게 다친 사람은 없었습니다. 다만 그동안 사냥감인 줄만 알았던 고래들의 공격에 충격을 받았을 뿐이었습니다.

큰 작살은 다리에 힘이 풀려 주저앉아서 아들을 끌어안았습니다.

"이제부터 흰점박이돌고래도 먹는다. 망루에 망꾼을 올려보내고 움직일 수 있는 모든 배를 준비해라."

지난번에 작은 작살의 판단이 좋아서 작은 배 3대와 12자루의 창과 3자루의 작살은 잃지 않았고, 마을에서 많은 무기를 챙겨왔기 때문에 어떤 고래라도 잡아서 죽일 자신이 있었습니다.

으뜸 어른은 고래 사냥에 참석할 사람들을 마당에 모았습니다. 그리고 작전을 설명하기 시작했습니다.

"사냥은 우리가 유리한 소리섬 앞에서 한다. 여기는 물이 낮기에 아까운 작살은 쓰지 않고 창만 쓴다. 몇 놈 죽여서 다시는 못 덤비게 하는 것이 중요하니 최대한 많은 녀석을 공격해라."

"망루에서 신호하면 여기 소리섬 뒤에 왼쪽과 오른쪽으로 작은 배를 나누어 두었다가 달려 나가 포위를 하고 큰 배 한 척은 뒤에 숨어 있다가 포위가 끝나면 바로 따라 들어가서 창으로 박살을 낸다."

큰 작살님은 지난번 큰 산을 넘어 공격해 온 호랑이족과의 싸움과 비슷한 작전을 설명했습니다.

여기 있는 싸움꾼들은 태어날 때부터 고래마을의 사람도 있었지만, 여러 싸움에서 지고 큰 작살님 밑으로 들어온 싸움꾼들도 많았습니다. 그리고 여러 싸움에서 큰 작살님의 능력을 봤고, 항상 똑같이 챙겨주는 성격 때문에 고래마을의 싸움꾼들은 큰 작살님의 말을 매우 잘 따랐습니다.

소리섬 바다 쪽

"빨리 준비 끝내고 쉬어라. 고래들도 어차피 해 떠야 움직인다."

사람들은 멧돼지 말린 고기를 굽고, 쌀로 밥을 해서 든든히 먹고 휴식에 들어갔습니다. 망루는 교대로 눈이 밝은 사람을 올려보내 남쪽 바다를 관찰하게 했습니다.

"하얀 모래 바다는 여기서 천천히 가도 이틀거리다. 오늘이면 녀석들이 틀림없이 우리 앞을 지나갈 것이다."

으뜸 어른은 몰랐습니다. 흰점박이돌고래들이 사람들과의 싸움을 피하려고 멀찍이 돌아서 갈 작정인 것을 말입니다. 그렇지만 사건은 항상 예측하지 못하는 곳에서 터지는 모양입니다.

흰점박이돌고래 무리 중에서 눈이 유난히 커서 '큰눈이'라고 부르는 예쁜 고래가 있었습니다. 다른 동물이 보기에 큰눈이라는 이름을 왜 붙였는지 도통 이해가 안 되었습니다. 흰점박이돌고래 눈이 커 봐야 얼마나 크겠습니까?

하여간 이 가족은 북쪽으로 가는 참치 떼를 쫓아 먼바다로 올라가고 있어서 제이미 할머니가 부른 모임에 참석하지 못했습니다.

큰눈이 가족은 참치가 워낙 빨라 몇 마리 잡지도 못하고 어쩔 수 없이 바닷가로 붙어서 방어라도 잡아먹기로 하고 고래마을 사람들이 진을 치고 있는 바닷가 쪽으로 다가가고 있었습니다.

망루에서 큰눈이네 가족이 일으키는 흰 물결을 발견하고 북을 둥둥- 쳤습니다. 그러자 싸움꾼들이 재빠르게 작은 배를 타고 소리섬 뒤에 숨었습니다. 그리고 나머지 싸움꾼들은 얕은 물길을 달려서 소리섬 가까이 묶어 둔 큰 배 위에 숨었습니다.

사실 제이미와 친구들이 사고를 치기 전까지는 사람과 흰점박이돌고래는 서로 별 관심이 없었습니다. 이상하게 서로는 안 먹는 동물이라고 생각하고 있었거든요.

큰눈이네 가족들이 소리섬 앞에 가까이 오자 망루에서 다시 북을 빠르게 쳤습니다. 그러자 소리섬 뒤에 숨어 있던 작은 배들이 빠르게 달려 나가 먼바다 쪽을 막아섰습니다. 이어서 큰 배가 미끄러지듯 섬을 돌아 나갔습니다. 그리고 창잡이들이 일어서면서 큰눈이네 가족을 향해 힘차게 창을 던졌습니다.

그 순간 깜짝 놀란 큰눈이네 가족들이 물속으로 깊게 들어갔습니다. 돌로 만든 창날에 대나무 자루를 단 창은 부력 때문에 한 길 정도만 물속으로 들어갔다가 다시 떠 올랐습니다. 고래에게 맞은 돌날 창도 두꺼운 고래의 피부를 뚫지 못했습니다. 그런데 푸른 쇠붙이 날을 달고 힘이 센 으뜸 어른이 던진 창이 늦게 눈치를 챈 큰눈이의 허리에 맞았습니다. 체중을 실어 꽂은 작살이 아니었기에 창날은 그렇게 치명적이지는 않았지만, 큰눈이는 너무 아파 비명을 질렀습니다.

큰눈이는 비명을 지르며 창을 옆구리에 달고 먼바다로 도망을 갔습니다. 다른 가족들도 깊게 잠수하여 작은 배들의 밑을 통과하여 달아났습니다.

"아빠, 너무 아파!"
큰눈이 엄마가 달려와서 상처를 살펴보았습니다. 창은 이미 도망가는 중에 물에 쓸려 빠지고 피도 거의 멎어가고 있었습니다.

큰눈이 아빠가 분노를 주체할 수 없어 비명을 질렀습니다.

큰눈이 아빠의 비명은 넓은 바다로 멀리멀리 퍼져나갔습니다.

고래마을 사냥터를 빙 둘러서 북쪽 바다로 가던 흰점박이돌고래들은 모두 이 비명을 들었습니다.

제이미의 할머니가 모든 흰점박이돌고래들에게 소리쳤습니다.

"큰눈이 아빠 소리 같은데 큰일이 있나 봅니다. 빨리 가서 도와줍시다."

고래들은 비명이 나는 방향으로 전속력으로 달렸습니다. 겨우 물 두 사발 마실 시간에 백 마리가 넘는 고래들이 물보라를 일으키면서 소리섬 앞 바다에 도착했습니다. 망루 위에서 바다를 보고 있는 망꾼은 미친 듯이 북을 쳤습니다. 그리고 소리섬 중간에 세워진 망루 위에서 망을 보던 망꾼도 고래고래 소리를 치며, 막대기로 기둥을 두드렸습니다.

"빨리 물에서 나오세요. 수백 마리의 고래들이 달려오고 있어요."

　백 마리가 넘는 흰점박이돌고래들이 등지느러미를 물 밖으로 내놓고 돌진하는 모습은 무시무시했습니다. 사람들은 배를 버리고 허겁지겁 소리섬으로 기어올랐습니다.
　퍼버뻥- 수많은 고래가 들이받자 배는 산산이 부서져 흩어졌습니다. 미처 끌어올리지 못한 작은 배는 고래들이 입으로 씹어 버렸습니다. 정말 무시무시한 광경이었습니다.

　제이미와 그 친구들은 깜짝 놀랐습니다. 상어 사건 이후로 겁쟁이로만 알았던 어른 고래들이 화를 내니 정말 무시무시했습니다. 그때 번개가 갑자기 큰눈이에게 달려갔습니다. 그때까지 큰눈이는 끼끼거리며 울고 있었습니다. 번개는 큰눈이의 상처를 보고 너무너무 화가 나서 섬으로 돌진했습니다. 그때 갑자기 옆구리에 엄청난 충격을 받았습니다.

　"야, 너 제정신이야? 그렇게 달리다가 바위에 올라가면 바로 죽는다. 그리고 저기 사람들이 가만히 두겠어?"
　번개의 아빠가 번개의 옆구리를 들이받은 것이었습니다.

　어른 고래 몇이 땅으로 건너갈 수 있는 길을 막았습니다. 고래를 공격했던 사람들 대부분이 작은 섬에 갇혔습니다. 소리섬에는 망꾼 둘이 먹을 물과 양식만 있었는데 일흔 명이 넘는 사람들이 갇혔으니 사람들은 물 한 모금도 마시기 어려웠습니다.

번개는 다시 큰눈이에게 갔습니다. 다행히 상처는 그렇게 크지 않았습니다.

고래들이 꽥꽥- 고함을 지릅니다.

"이번 기회에 우리의 무서움을 확실히 가르쳐 줘야 합니다. 저기에 가두어 굶겨 죽입시다."
"우리가 교대로 지켜서 절대로 못 빠져나가게 해야 합니다."

특히 큰눈이 아빠의 분노는 대단했습니다.
"어, 아무 죄도 없는 우리 큰눈이가 저렇게 크게 다쳤는데 그냥 보내 주자는 녀석은 나하고 끝장을 볼 생각을 해야 할 거요."

'아이구, 저것도 다친 거라고. 피부도 다 안 뚫렸구먼.'
제이미는 솔직히 큰눈이 아빠의 말이 우습지만 이 모든 일이 자기들이 사람들의 배를 뒤집고 고래를 훔친 것 때문이라는 것을 알고 미안한 마음에 섬 순찰을 하러 갔습니다.

"이거 나름 재밌다. 저거 봐라, 건너려다가 우리가 다가오니 바로 돌아가는, 저 겁먹은 녀석 봐라."

제이미는 또 슬슬 뭔가가 생각이 났습니다.

순찰은 안 도는 척하다가 건너려고 할 때 갑자기 나타나면 정말 재미있을 것 같았습니다. 그래서 제이미는 또 이 생각을 친구들에게 말합니다. 울음이는 이제 그만하자고 하고, 번개는 오히려 화를 냅니다.

"야, 제이미. 너 때문에 큰눈이까지 많이 다쳤는데 너는 아직도 재미만 생각하냐?"

"뭐, 야, 껍질 조금 찢어졌는데 그걸 가지고?"

"그럼 너희들은 빠져라."

사달이가 말했습니다.

사달이와 제이미는 숨을 크게 마시고 스르륵 물속으로 들어갑니다. 그리고 가만히 물의 진동을 느낍니다. 물의 진동과 함께 자갈이 부딪치는 소리가 납니다. 눈을 살짝 들어 보니 아니나 다를까 몇 사람이 물을 건너려 합니다. 그러자 제이미와 사달이가 물속에서 솟아올라 사람을 덮쳐갑니다. 물이 너무 낮은 곳이라 잡지는 못했지만, 깜짝 놀라 엉금엉금 섬으로 기어오르는 모습은 즐거움을 충분히 느끼게 해주었습니다.

북쪽 바다 흰점박이돌고래 중 가장 경험이 많은 제이미의 할머니가 고래들 가족의 대표들을 불러 모읍니다.

"우리 중 누가 크게 다친 것도 아니고, 그리고 사실 우리가 먼저 잘못했으니 이 정도에서 그만둡시다. 더 늦으면 물개나 물범이 다 흩어지고 정어리가 알 낳는 시기도 지나서 굶주리게 될 것입니다."

"아니 우리 딸이 저렇게 다쳤는데 적어도 다섯 번 해가 뜰 때까지는 가둬야 합니다."

"곧 비가 오는 계절이 오고, 비가 오면 또 바다도 거칠어질 텐데… 그럼 이동하기도 힘들어요. 그러니 적어도 사흘 내에는 출발해야 합니다. 사실 지금도 이레는 늦었습니다."

제이미 할머니는 이야기하다가 갑자기 열이 솟는 것을 느꼈습니다. 성질 같아서는 그 다섯 녀석을 잡아다가 육지로 던져 버리고 싶었습니다.

이 꼴을 보고 있던 망루의 망꾼 하나가 허겁지겁 산길을 따라 마을로 달려갔습니다. 숨이 멎을 듯 달려도 반나절은 걸리는 먼 거리였습니다.

고래 가족들이 한 가족씩 북쪽으로 이동을 시작했습니다. 너무 많은 고래가 좁은 바다에 모여 있으니 당장 먹을 것이 문제가 되어서 어린 고래가 있는 가족 순으로 북쪽으로 출발 시켰습니다. 제이미네 가족과 그 친구들의 가족은 3년 전에 태어난 녀석들이 막내라서 빠르게 이동할 수 있어 약간의 여유가 있었습니다. 그래서 큰눈이 아빠를 좀 더 도와주기로 합니다.

제이미의 친구들 중 번개는 배고픔도 참고 소리섬을 빙빙 돕니다. 제이미와 그 친구들이 소리섬을 지키는 동안, 나머지 가족들은 가까운 바다에서 방어 떼를 찾아서— 지금 사람들이 일산해수욕장이라고 부르는— 모래 해변으로 몰아서 한꺼번에 잡아먹으면서 큰눈이 아빠의 화가 풀리기를 바라고 있었습니다.

3차 전쟁
적의 의도

고래마을에서 소식을 들은 것은 사람들이 섬에 갇히고 꼬박 하루가 지나서였습니다.

"아이고 아주, 아주."

전령으로 온 사람은 말도 제대로 못 하고 어버버했습니다.

"아니 도대체 바다에 뭔 일이 생긴 거야?"

"시꺼먼 고래가 바다에 쫙 깔렸어요."

"그럼. 으뜸 어른도?"

"제가 출발할 때 죽은 사람은 없지만, 물도 먹을 것도 없는 섬에 모두 갇혀있고 고래들이 섬을 빙빙 돌고 있었습니다. 빨리 구하러 가야 합니다."

으뜸 어른의 아내와 버금 어른은 크게 한숨을 쉬었습니다. 주위를 둘러보니 모두 괭이나 낫만 들고 있는 농부들뿐이었습니다. 그때 나리가 말했습니다.

암각화 왼쪽 면

"엄마, 범이에게 한 번 부탁해 봐."

"아니 작살잡이와 사냥꾼도 박살이 났는데 겨우 나무나 깎고 물고기나 잡는 힘도 없는 애에게 뭘 기대하니?"

"제 생각에도, 범이에게 부탁하면 무슨 좋은 수가 있어 보입니다."

버금 어른이 말하였습니다.

나리가 엄마를 애잔하게 바라보면서 다시 한번 애원합니다.

"지금 고래잡이들도, 작살잡이들도 모두 박살이 났는데… 그럼, 아빠 포기할 거야?"

엄마는 한숨을 푹 쉬면서 버금 어른을 쳐다봅니다.

"작은 어르신 부탁드려요. 무슨 수를 쓰든지 큰 어르신을 꼭 좀 구해 주세요."

논에 뿌릴 법씨를 준비하고 있던 범이에게 버금 어른의 심

부름을 하는 아저씨가 허겁지겁 달려왔습니다.

"범이, 버금 어른이 빨리 좀 와 달래?"
"왜요?"
"사람들이 섬에 갇혀서 난리라네."
범이는 하던 일을 다른 사람에게 맡기고 달려갔습니다. 마을에서 제일 큰 집 마당에 여러 사람이 모여 있습니다.
"범이, 어서 와라."
"바쁜데 왜 불렀어요?"
옛날부터 농사철이 시작되면 죽은 사람도 거든다고 할 만큼 농사는 바빴습니다.

"망꾼아, 범이에게 지금까지 있었던 일을 다 말해봐라."

망꾼은 기분이 살짝 나빠졌습니다. 아무리 망꾼이지만 그래도 고래잡이 패거리인 자기가 물고기나 잡고 이삭이나 키우는 녀석에게 뭘 설명한다는 것이 영 내키지 않았습니다.
버금 어르신이 눈을 부라립니다.
망꾼은 지금까지 있었던 일을 차근차근 알려 줍니다. 특히 그 녀석들 중에는 사람 말도 할 줄 아는 놈이 있다고 했습니다.

"그러니까, 지금이면 벌써 섬에 갇힌 지 하루가 넘었다는 것 아닙니까? 그 섬에 물도 없고 먹을 것도 없고요."

"그래. 모두 목도 마르고 배도 고프고 그렇지. 그 섬은 먹을 거라고는 없어. 거기다 고래가 계속해서 섬을 빙빙 돌고 있고?"

설도의 방어진항 방향 모습

"그럼, 섬에 건너갈 때는 어떻게 건너갑니까?"

"땅 쪽으로는 한 스무 발만 고래가 다닐 깊이고 나머지는 사람 허리 정도 깊이라서 걸어가다가 스물댓 발만 헤엄쳐서 건너면 되는데 지금 그 길을 고래들이 막고 있다는 말이야."

범이는 곰곰이 생각합니다.

'음, 배도 하나도 없고, 사람들이라고는 겁이 많은 일꾼만 있는데 큰일이군. 일단 물과 먹을 것부터 전해야 하는데.'

"아저씨, 그러면 이쪽 땅 쪽에는 누가 있어요?"

"망꾼 몇 하고, 나무 마련하고 밥하는 일꾼 몇만 있다."

"그럼 아쉬운 대로 물하고 먹을 것은 넣을 수 있겠군요. 일단 우리가 준비해서 가려면 배부터 있어야 하는데 배를 다 끌고 가서 아무것도 없어요. 그래서 뗏목이라도 만들어야 하는데 아무리 빨라도 하루는 걸릴 거고요. 또 거기까지 가는 데도 좀 걸리니까 아저씨가 먼저 가서 대통에 물을 채우고 음식하고 땔감도 좀 준비해서 작은 배에 싣고 줄을 매달아서 끝에 돌을 단 후 던지세요. 스물댓 걸음이면 아저씨도 충분히 던질 수 있어요. 그리고 건너편에서 줄을 받아 당기면 고래가 물속에 있어도 사람은 안 다치니까 그냥 해도 될 거여요."

"아, 그렇게 하면 되겠구나. 그런데 배가 없는데?"

"창고에 물고기 잡을 때 쓰는 작은 가죽 배가 있으니까 아저씨가 타고 가서 그 배로 하면 됩니다."

"우리는 늦어도 준비해서 이틀 안에 다 도착할 테니 그때까지 좀 버티라고 하세요."

"그래 알았다."

"그럼, 아저씨는 좀 힘들겠지만 바로 가세요. 강을 따라 삿대로 밀고 가면 길로 달리는 것보다 훨씬 빠를 겁니다."

버금 어른이 사람들 중에서, 그래도 배를 타 본 적이 있는 아저씨를 한 명 뽑아서 같이 가라고 했습니다. 며칠 전에 내린 비로 강물이 좀 불어서 망꾼이 탄 배는 매우 빠른 속도로 내려갔습니다.

　섬은 정말 지옥이 따로 없었습니다. 고래가 안 보여서 바다를 건너려다가, 숨어 있던 녀석들에게 몇 번 당하고 나니 이제는 지느러미가 안 보여도 감히 물에 들어가지를 못하고 있었습니다.

　흰점박이돌고래들은 소리섬을 빙글빙글 돌면서 사람들이 도망가지 못하도록 지키고 있었습니다.
　먹을 수 있는 것이라고는 물에 떠밀려온 미역 몇 가닥이 전부였습니다. 바닷물에 젖은 미역은 그런대로 먹을 만했지만, 짜서 더욱 목마르게 했습니다.
　계절마저도 낮은 덥고, 밤은 추웠습니다. 나무 한 그루 없는 돌섬이라서 낮에는 햇볕이 괴롭고 밤에는 바람이 너무 차가웠습니다.

　"누가 구하러 올 사람도 없는데 이거 큰일이다."
　큰 작살님이 힘없는 소리로 말합니다. 목이 너무 말랐습니다. 바닷물이라도 마시고 싶은 지경입니다.

범이는 마을에 있는 어른들을 모두 모았습니다. 그리고 사람들이 평소에 잘하는 일에 따라 두 모둠으로 나누었습니다.

"고래 잡을 때 쓰는 큰 배 크기의 뗏목을 두 대만 만들어 주세요. 그냥 그물과 식량만 운반하면 되니까 대충 빨리만 만드세요."

"그리고 한 모둠은 마을을 다 뒤져서 밧줄을 많이 모아서 배 만드는 곳에 대어 주고 창고에서 삼껍질을 가져다가 새끼손가락 반 굵기로 밧줄 다섯 다발만 만들어 주세요."

"범아, 무슨 좋은 수라도 있냐?"
"아무도 안 죽고 심지어 다친 사람도 없다고 했죠?"
"그건 그렇지."
"왜 그럴까요?"
"왜라니?"
그 순간 버금 어르신도 뭔가 이상함을 느꼈습니다.
"배를 뒤집어엎고 고래를 물어갔다? 이건 뭔가 어린놈들 헛짓거리 같고. 음, 섬에 가두고 굶긴다. 이건 우리가 말이나 포로를 길들일 때 쓰는 것과 같고!"
버금 어르신의 눈이 갑자기 커졌습니다.
"이런 웃기는 짐승이 있나? 우리를 길들이려고 하는 것 아니냐?"

"저도 그렇게 생각합니다. 그 짐승들이 아무래도 우리를 길들여서 자기들만 보면 알아서 피하게 할 모양입니다."

"허, 참 짐승이?"

"그래서 무슨 좋은 수라도"

"그냥 사람만 구하는 것은 일도 아닙니다. 그냥 물길에 돌을 깔아 낮게 만들기만 해도 되지만 이번에 우리가 당하고 참으면, 앞으로 고래를 잡으러 바다에 나가서 어른 모시게 되겠죠. 고래도 잡아서 다 뺏기고."

"그럼 무슨 수가 있나?"

"고래가 가르쳐 주고 있지 않나요?"

"……."

"그러니까 우리도 힘이 있다는 것을 보여줘야지요. 그리고 그것들이 제법 사람과 말도 통한다면서요?"

"그래서?"

"잡아서 고생시키고 서로 괴롭히면 손해라고 가르쳐야죠."

"그래 다 좋은데 우리 쌈꾼들도 다 박살이 났는데 저들 데리고 어떻게?"

범이는 빙그레 웃고 대답했습니다.

"싸움은 싸움꾼이 잘할지 모르지만, 물고기는 우리 그물잡이들이 더 잘 잡는다는 것을 보여드리겠습니다."

버금 어르신은 고개를 절레절레 흔들면서 노려봅니다.

"고래나, 물고기나 어차피 물에 떠다니는 놈들 아닙니까"

범이는 일어섭니다. 그리고 밧줄을 만들고 있는 사람들을 다시 모아서 연어 잡을 때 쓰는 그물을 마당에 펼치게 하였습니다.

"아저씨들, 우리 그물로 고래 한번 잡아 봅시다."
"뭔 말이고?"

"고래나 물고기나 똑같지요. 좀 크고 무겁지만, 무게는 연어 떼를 한 번에 잡는 것보다 별로 안 무거울 것 같은데 힘이 좀 세겠죠. 그러니 스무 코 간격으로 지금 만들고 있는 굵은 줄로 그물을 좀 튼튼하게 좀 만들어 주세요."
"뭐, 아니 고래를 잡으려면 그물이 엄청 튼튼하고 커야 할 건데 그걸 언제 다 만들어?"
"새로 만드는 것이 아니고 연어 잡는 그물 위에 눈 크기가 두 아름 정도 되게 덧씌우는 것입니다. 그럼 한 스무 코마다 한 줄을 넣는 것이니까 세로 서른 줄, 가로로 예순 줄만 엮어주면 될 겁니다. 여기 서른 명이니까, 열 명은 밧줄을 더 만들고 스무 명은 각자 한 명당 다섯 줄 정도만 엮고, 당기는 원줄만 좀 더 키우면 되니까 해지기 전에 다 될 것 같습니다."

"물고기나 고래나 물에서 띄우기만 하면 힘 못 쓰겠지?"

가끔 낚시로 굵은 잉어를 잡는 할아버지가 말하였습니다.

"다 되면 그물잡이 어르신이 점검해 주세요."
"그러니까 연어 잡는 그물을 틀로 해서 스무 코를 한 코로 보고, 튼튼한 줄은 덧대라 이런 말 아니냐?"
"예. 그렇죠. 역시 아저씨들이 쌈꾼들보다는 머리가 훨씬 좋아요."

아저씨들에게 주문을 다 한 범이는 버금 어르신에게 소리섬에 많이 가보고 그곳의 바위까지 다 아는 사람을 점심 먹고 좀 데려다 달라고 하였습니다.

"그 아무나 데려오지 말고 좀 잊음이 덜한 똘똘한 사람으로 부탁해요."
"와, 이제 이게 나를 아주 부리네."

"그런데 너는 어디 가는데?"

"으뜸 어른이 사고가 났는데 나리가 얼마나 슬프겠어요? 마음 좀 달래주려고요?"

"이, 미친놈이. 아니 이런 날?"

"모든 일은 다 때가 있다고 생각합니다."

"뭐?"

"잘 부탁합니다."

버금 어른은 왠지 더 구박하면 안 될 것 같은 생각이 들었다. 어쩌면 범이를 모시는 날이 올 것 같았습니다.

돌잡이 아저씨들

 점심을 먹고 나서 소리섬 근방을 잘 아는 사람을 찾았다고 했습니다. 범이는 버금 어르신에게 부탁하여 배 만드는 사람들 빼고는 큰 마당에 다 모이라고 했습니다.
 "그러면 우리 동네 사람들을 구할 생각을 모아 보겠습니다."
 "먼저 버금 어르신이 어떻게 된 일인지 설명을 좀 해주세요."
 "우리 동네 사람들이 흰점박이돌고래의 공격을 받아서 고래잡이 막 앞에 있는 섬에 갇혔는데 대여섯 마리가 계속 지키면서 사람들을 못 나오게 하고 있다고 한다. 우리가 할 일은 사람들만 구하는 것이 아니라 그것들을 몇 마리를 산 채로 잡아서 다시 사람을 우습게 보지 못하게 만들려고 한다."

 "흰점박이돌고래면 어마어마하게 크고, 빨라서 죽이기도 쉽지 않은데 어떻게 산 채로 잡나?"
 젊은 시절 바다에 몇 번 나가본 적이 있는 할아버지가 묻습니다.

"아저씨가 한 번 설명해 주세요."

범이는 연어잡이 우두머리 아저씨에게 말해 보라고 합니다.

"범이 말로는 고래나 물고기나 어차피 물에 떠다니는 것이니까 바닥에 그물을 깔아 두고 그 위를 지날 때 그물을 들어서 가둔다고 합니다."

"그물이 견딜까?"

한 아저씨가 걱정합니다.

"그건 걱정 안 해도 됩니다. 물에 떠 있으면 아무리 고래라도 그렇게 큰 힘은 못 쓰거든요. 우리가 땅에서는 스물이 달려들어도 못 미는 배도 물에서는 혼자서 밀 수 있는 것과 같습니다."

"그건 그렇고, 고래는 똑똑한데… 그것도 돌고래들은 더 똑똑하고."

늙은 고래잡이 할아버지가 걱정합니다.

"똑똑한 사람도, 잘 속이면 함정에 걸려."

사람들이 돌아보니 오래전에 산 넘어서 쳐들어온 호랑이 족을 물리친 싸움꾼 출신 할아버지입니다.

"자 그럼 우리가 어디서 고래를 퍼담을지 그곳부터 알아야지요. 그 불잡이 할아버지가 한번 말씀해 주세요."

염소수염을 기른 할아버지가 다리를 약간 절면서 마당 가운데로 나왔습니다. 사람들이 불잡이라고 부르는 할아버지였습니다. 불잡이 할아버지는 젊어서 고래잡이 망꾼이었는데, 소리섬에서 모닥불을 피우는 일을 많이 했다고 합니다. 그리고 머리가 아주 좋다고 소문이 났습니다.

할아버지가 나무 막대기로 마당에 그림을 그리면서 설명합니다.

"우리는 배를 타고 여기 산기슭을 따라 우선 여기 사냥 막으로 가서, 여기에 배들을 묶어 두고 여기 산꼭대기 나무 위에 망루를 짓는다."

아저씨는 동네에서 바다로 이어지는 물길과 지금은 울기 등대라는 산과 바위들을 빠르게 그립니다. 그런데 마당에 막대기로 그리는 그림이 보통이 아닙니다.

"이렇게 망루까지 준비하고 나서, 여기 보이는 섬 앞에 뗏목을 몇 개 만들어서 밧줄로 묶어서 몇 개 띄워 놔. 그래야 고래가 배를 봐도 별로 안 놀라거든."

"그리고 여기, 요 돌섬 가운데도 좀 높은 망루를 하나 세우지. 주로 고래를 이 섬 앞에서 잡는데 여기 꼭대기에서 보면 잘 보여."

"그리고 고래 잡는 배가 바다로 나가고 나면 밤에는 여기 섬에다 불을 피우거든, 배가 밤에 찾아오려면 이 방법밖에 없어. 불이 꺼지거나 하면 고래를 잡아도 못 돌아오니 불잡이는 진짜 잠도 못 자고 고생이 많지."

불잡이 할아버지는 자부심이 가득한 얼굴로 사람들은 둘러봅니다. 반대로 사람들은 짜증이 조금씩 묻어 납니다.

'저 영감탱이는, 뭔 쓸데없는 말을.'
"그럼, 모닥불에 쓸 장작은 어떻게 날라요? 배로 실어 나릅니까?"

범이가 빨리 말을 돌려놓습니다.
"에이, 여기는 물이 그렇게 안 깊어. 그래서 물 위에 띄워서 끌고 가지. 물에 젖어도 바위에 하루만 널어 두면 바람에 바싹 말라."

"그림으로 좀 그려 주세요. 밧줄을 맬 수 있는 바위까지 그려 주고요. 물도 키 넘는 데도 그려 주시고요."

"어, 그러니까 여기 땅과 섬 사이에 물길은 한 200걸음 정도 되지만 여기서 여까지는 100걸음은 무릎 아래고, 여기서부터 좀 깊어지는데 그래도 쉰 걸음까지는 허리 깊이야. 섬 쪽에서는 더 빨리 깊어지는데 그래도 열 걸음까지는 허리까지밖에 안 와. 그러니까 그 큰 녀석들이 들락거릴 수 있는 공간은 요기서 여기까지 너비로 스물댓 걸음 정도 되겠네."

설명은 뒤죽박죽이었지만 마당에는 소리섬과 그 주변이 멋진 그림으로 그려져 있었습니다.

"감사합니다. '불잡이 어르신이 아니었으면 고래를 아무리 잘 잡아도 집에 못 왔다.' 이 말씀은 모두 잘 기억해 주세요. 그리고 버금 어르신은 불잡이 어른을 좀 챙겨주시고요."
범이는 은근히 버금 어른을 부려 먹는 맛을 알아가고 있었다.
버금 어른은 불잡이 할아버지를 뒤로 데리고 가서 먹을 것을 싼 커다란 꾸러미를 내어 주었습니다.
"불잡이 어르신, 어디 가지 말고 밤에 출발할 때 길잡이 하셔야 합니다. 길잡이가 이거인 것은 아시죠?"
범이가 엄지손가락을 치켜들고 말했습니다.
"그럼 나 말고 밤에 물길을 누가 갈 수 있겠냐? 내 빨리 집에 이것만 주고 올게. 집에 먹을 것이 없거든."

불잡이 할아버지는 꾸러미를 들고 기분 좋게 집으로 갑니다.

"그럼, 그물잡이 어르신. 여기서 그물을 어떻게 놓을지 그림 위에 한 번 그려 보세요."

그물잡이 어르신이 막대기를 주워서 마당 가운데로 나왔습니다.

"여기 땅 쪽으로 있는 바위 세 곳에 큰 줄을 묶고 이렇게 그물을 깔고, 고래가 여기 그물 중간 정도 들어오면 여기 섬에서 줄 세 개를 빠르게 당기는 거야."

그림이 금세 지저분해졌습니다. 역시 그림은 불잡이 할아버지가 잘 그리는데 말입니다.

불잡이 할아버지의 아들이 나와서 깔끔하게 그림을 정리합니다. 그러자 누가 보아도 소리섬과 땅 사이 물속에 그물이 어떻게 놓여야 하는지 알 수 있게 되었습니다.

"자, 그럼 그물은 누가 어디서 당기면 좋겠습니까?"
"그물이야, 여기 섬에서 당기면 빨리 당겨지고, 밧줄도 짧아도 되는데… 섬에 있는 사람들이 굶어서 힘을 쓸까?"
"그건 걱정 안 해도 됩니다. 오늘 밤에는 물하고 먹을 것이

들어갈 것이고 고래잡이들이 짐승처럼 워낙 튼튼하잖아요."
 범이는 그동안 고래잡이들에게 무시당한 것도 약간 담아서 말합니다.

"그물을 힘으로 막 당긴다고 되는 것이 아닌데… 무식하게 힘만 세다고 되는 것도 아니고."
 그물잡이 아저씨가 한마디 합니다.
"그러니까, 그물을 이렇게 설치하고 아저씨들이 여기 섬으로 들어가서 그 쌈꾼들 부리면 됩니다."
"그럼, 나머지 일은 버금 할아버지가 해 주세요. 밤에 출발할 사람들 뽑아 주시고요. 가지고 갈 음식도 좀 챙겨주시고요. 그물잡이 어르신은 그물 잘 살펴보시고 말아서 배 근방에 가져다주세요."

 범이는 무엇이 더 필요한지 꼼꼼히 다시 생각해 봅니다.
'일단 그물을 깔고 고래를 잡으면? 그리고 고래들을 그물에 그대로 두면 다른 고래들이 와서 그물을 찢으면 안 되는데……. 땅에 끌어 올려야 되는데, 땅에 끌어올리는 일은? 우리가 고인돌도 만드니까.'

"버금 어르신, 그 돌잡이 어른도 여기로 좀 불러 주세요."

"돌잡이 어른 저기 계시네. 그런데 저 어른은 고집이 너무 센데?"

"그럼, 할아버지가 고래를 땅으로 끌어 올리게요?"

범이가 돌잡이 어르신에게 다가갑니다. 전부 물에서 하는 일이라 별로 도울 일이 없던 돌잡이 어르신은 범이가 다가오자 갑자기 기대되었습니다.

돌잡이들은 대개 산이나 들판에서 일했기 때문에 고래잡이에 참여하지 못했습니다. 그래서 그렇게 멀지도 않은 바다에 못 가본 사람들이 대부분이었습니다.

"할아버지, 고래 잡으면 땅으로 끌어 올렸다가 풀어 줄 건데, 소 다섯 마리 무게 정도 되는데 끌어 올릴 방법 없어요?"

"야, 우리가 소 200마리나 되는 무게의 돌도 옮기는데, 소 다섯 마리면 나 혼자도 된다."

돌잡이 할아버지는 고집이 센 것이 아니고 허풍이 센 모양입니다.

"그럼, 고래 잡으면 옮기게 사람들 좀 모아서 같이 갈 수 있게 준비 좀 해주세요. 돌 옮길 때 쓰는 틀도 싣고요."

돌잡이 어르신은 갑자기 신이 났습니다. 그래서 주변에 있던 돌잡이들을 모으고, 큰 돌을 옮길 때 쓰는 틀을 손보고 돌

그물까지 챙기기 시작했습니다.

"아, 아, 그리고 여기 좀 보세요. 고래잡이들에게 버금 할배가 잘 말해야 하지만 여기 계신 분도 잘 듣고 꼭 지켜주세요. 우리는 고래를 죽이거나 다치게 하면 절대 안 됩니다. 반드시 깨끗하게 산 채로 잡아야 합니다. 잡고 나서도 너무 괴롭히면 안 되고요. 그 돌고래 맛없어요. 큰 고래 고기로 배부르게 해 드릴 테니 꼭 지킵시다."

범이는 아주 파김치가 되었습니다.
"버금 어르신 이제 다 된 것 같으니까 나머지는 할아버지가 챙겨서 이야기한 대로 잘하고 오세요."
"야, 범이 너, 어디 가는데?"
"제가 어른도 아니고 사람들이 제가 말한다고 듣나요. 그 버금 할배 힘은 돼야 듣죠."
범이는 이렇게 말하고 뒤로 쏙 빠집니다.
버금 할아버지는 정신이 멍합니다.

"야, 너 어디가?"
"그럼 출발할 때 뵐게요."
"야, 늙은 내가 어쩌라고? 너는 뭘 할 건데?"
"제가 몸이 약해서 좀 자야죠. 어제부터 한숨도 못 자서 피곤해 죽겠습니다."

버금 어른은 어느 정도 알 수 있었습니다. 아무리 머리가 좋은 범이라도 이렇게 사람들에게 자연스럽게 일을 시키려면 얼마나 많은 생각을 했을지 말입니다.

"그래 가서 처자라. 튼튼한 늙은 내가 다 해야지."

"그 참. 할아버지가 꼬랑지도 아니고 사람들 불러서 입만 좀 움직이는 걸 가지고 많이 하는 척하시는 것 아니어요?"

"끙"

'그렇지. 이걸 내가 왜 다 챙기나?'

"그, 그물잡이 어른, 배 만드는 어른, 둘이 필요한 사람 뽑아서 출발 준비하고, 거기 창고지기는 100명이 닷새 먹을 것 준비해서 배에 실어라. 알아서 잘하고."

"저기, 돌잡이 어르신도 고래 끌어 올릴 준비 해서 뗏목에 싣고 같이 가 주시죠?"

버금 어른은 평소에 성질이 괄괄한 돌잡이 어른에게 조심스럽게 부탁합니다.

"알아서 다 한다."

지난번 고인돌을 만들 때 대판 싸운 이후로 버금 어른은 돌잡이 어른이 이상하게 무서웠습니다.

"그럼, 좀 잘들 챙깁시다."

"나도 좀 쉬어야지."

이렇게 말은 했지만, 버금 할아버지는 도저히 그 장소를 뜰 수가 없었습니다.

물론 범이도 잔다고 했지만 멀리서 잘하고 있는지 살펴보고 있었습니다.

제이미의 매복 작전

제이미와 친구들은 이제 슬슬 지겨워졌습니다. 무엇보다도 배가 고팠습니다. 그래서 사람들에게 겁을 좀 심하게 주고 물개 사냥을 가기로 하였습니다. 할머니도 적당히 사나흘만 혼내주자고 하였는데 벌써 이틀이나 지났습니다.

해가 지고 어둠이 내리기 시작할 때 제이미와 친구들은 공기를 한껏 마시고 사람들이 건너갈 수 있는 길목에서 가깝고 깊은 곳에 조용히 잠겨 들었습니다. 고래는 생각보다 오래 숨을 참을 수 있거든요.

섬 중간에 세워진 망루에 올라간 망꾼이 섬 주위를 둘러보았지만, 고래의 모습은 어디에도 보이지 않았습니다.

"큰 작살 어르신, 고래들이 안 보입니다. 다 떠났나 봅니다."

그러자 모든 사람이 바닷가까지 가서 바닷속을 샅샅이 살펴봅니다. 어디에도 고래 흔적은 없었습니다. 더구나 어둠이 내리기 시작한 바다는 한 길만 되어도 아무것도 보이지 않았습니다.

"이것들 다 갔나 보다. 건너가자. 목말라 죽겠다."

사람들이 물속으로 뛰어서 건너기 시작합니다. 이제 깊은 곳만 헤엄쳐 건너면 이 치욕스러운 시간을 끝낼 수 있을 것 같았습니다. 그래서 사람들은 무질서하게 바다로 뛰어들고 있었습니다. 먼저 출발한 대여섯 명이 물을 건너 얕은 곳에 도착하여 뛰어가기 시작했습니다. 그렇지만 대부분 이제 막 깊은 곳에 도달했습니다.

그 순간 물이 쫙 갈라지고 사람들 바로 앞에서 고래들이 솟아올랐습니다. 사람들은 허겁지겁 섬으로 다시 기어 올라갔습니다.

거의 사흘이나 물 한 모금 못 먹은 데다가 너무 놀란 사람들은 거의 탈진 상태가 되었습니다.

제이미와 친구들은 다시 물속으로 사라져서 먼 거리를 깊게 잠수하여 이동했습니다. 그리고 망루의 북쪽에 있는, 지금 사람들이 몽돌해수욕장이라고 부르는— 물개 해변으로 빠르게 헤엄쳐갔습니다.

주전 몽돌해수욕장

물개 해변에서는 제이미와 그 친구들의 가족들이 물개를 포위하여 꽤 여러 마리를 잡아 두었습니다.

"야, 너희들 사람들은 어쩌고 이렇게 다 왔냐?"

"사람들은 아직도 우리가 물속에 숨어 있는 줄 알아요."

제이미는 깔깔거리며 조금 전에 있었던 일을 말해 주었습니다.

"아마 우리가 없어도 내일 낮까지는 물에 발도 못 담글 겁니다."

"간이 다 떨어져서 안 죽었나 모르겠어요."

"하긴 며칠을 그렇게 설쳤으니 배도 고프겠다. 너희들이 안 오면 가져다주려고 했는데, 왔으니 잡아 놓은 것 좀 먹어라."

제이미와 친구들은 어른들이 잡아 놓은 물개를 한 마리씩

차지하고 배를 채웠습니다.

"그래! 역시 물고기보다는 물개지. 이 기름진 것 봐라."

그렇습니다. 고래들은 지방이 많은 물개와 같은 음식을 오래 먹지 못하면 등지느러미가 꺾기고 추운 바닷물에 견딜 수가 없기 때문에 힘들고 위험해도 물개와 같은 큰 동물을 자주 사냥해야 했습니다.

"앞으로 물고기는 방어 이상만 먹는다."

물개 고기는 물고기 보다 양도 많고, 훨씬 맛있었습니다.

"제이미, 골고루 먹어야지 잘 자란단다."

엄마의 둘째 언니 맑음이 이모는 제이미의 나이를 생각하지도 않고 세 살 때나 들을 잔소리를 합니다. 제이미는 하도 들은 말이라 대꾸하지도 않고 그러러니 하고 넘깁니다.

음식 전달 작전

　마을에서 돌아온 망꾼이 사냥 막에 남아 있는 사람들에게 범이가 말한 것을 전했습니다.

　대나무 속을 파내고 만든 물통 수십 개에 물을 채우고 멧돼지 고기 말린 것은 가죽으로 꽁꽁 싸고 장작 여러 다발까지 망꾼이 타고 온 작은 배에 실었습니다. 그리고 배 앞에는 가는 밧줄을 묶고 가지런히 사려 두고 그 끝에는 길쭉한 돌멩이를 매달아서 실었습니다.

　그때 섬을 겨우 탈출 한 사람들이 들어왔습니다.

　"물, 물"

　사냥 막 뒤 바위 밑에는 제법 큰 샘이 있었습니다. 사실 사냥 막을 여기다 만든 것도 그 샘물 때문이었습니다.

　도망쳐 온 사람들은 그대로 샘에 머리를 박고 물을 마셨습니다. 정신을 차린 사람들이 배에 실은 물과 음식을 보고는 물었습니다.

　"저거 어쩌려고? 고래들이 물속에 숨어 있어."

"버금 어르신이 데리고 있는 꼬마가 말하길, 밧줄을 던져 당겨 가게 하면 고래보다 빠를 거라고 했습니다."

"그러니까 고래가 덮쳐도 배만 잃지, 사람은 안 위험하다는 것 아니냐?"

"아마 그럴걸요."

"그래도 위험할 것 같은데요."

"그거 내가 하지."

방금 섬에서 도망쳐 온 작은 작살님입니다. 섬에 남은 큰 작살을 생각하니 위험해도 해야만 하고, 해야만 한다면 아들인 자신이 하는 것이 당연하다고 생각했습니다.

작은 작살은 물과 음식이 실린 배를 조용히 밀면서 깊은 물이 시작되는 지점까지 왔습니다. 그리고 조용히 아직 섬에 남아 있는 부하를 불렀습니다.

"야, 등빨아, 이쪽으로 좀 내려와 봐라."

고래잡이들은 다른 사람들보다 훈련이 잘 되어 있고 담도 매우 큰 편이었습니다. 등빨이는 무섭고 힘들었지만, 고래잡이 대장의 말을 들어야 했습니다.

등빨이 섬에서 물로 들어와 깊어지는 곳까지 왔습니다.

"등빨아 내가 밧줄을 돌에 매달아 던질 테니까 깊은 데 들어오지 말고 거기서 받아서 빠르게 당겨라. 물하고 먹을 거다."

"생각할 틈 없다. 고래가 다시 덮치면 둘 다 위험하다."

작은 작살이 밧줄을 매단 돌을 던졌습니다. 밧줄을 매달았지만, 겨우내 작살 던지기 훈련을 한 작은 작살의 어깨는 돌을 등빨이 넘어까지 던졌습니다.

"빨리 밧줄 당겨."

배가 깊은 곳을 지나자 섬에서 몇 명이 더 내려와 배를 같이 끌고 올라갔습니다.

작은 작살은 그대로 뒤로 돌아 달렸습니다. 물이 낮아 고래가 들어오지 못하겠지만 조금 전에 당한 공포는 너무나 거대한 것이었습니다.

물이 무릎까지 오는 곳까지 도망친 작은 작살은 다시 등빨을 불렀습니다.

"야, 등빨아, 고래가 있을지 모르니 나올 생각하지 말고 일단 기다려. 마을에서 사람들이 온다고 하니까 내일 낮에 무슨 수를 내 볼 테니. 아버지께 꼭 전해"

소리섬에 모닥불이 피워지는 것을 확인한 작은 작살은 그대로 맞은 편 해변에 쓰러졌습니다.

꾸려진 구조대

소리섬에 음식과 물의 전달이 끝났을 때, 마을 강가에서도 구조대의 출발 준비가 다 되었습니다.

"버금 어르신, 뗏목 두 척 다 준비되었습니다. 한 척에는 그물과 그물잡이 열다섯, 다른 한 척에는 먹을 것하고, 돌 끌이틀하고, 돌잡이들 열다섯 그리고 무기 될 만한 것 다 실었습니다."

"무기? 야 우리가 전쟁하러 가냐? 설명할 때 뭐 들었어? 산 채로 잡는다고 산 채로."

"예, 그래도 위험하잖아요."

"아니 위험하니까 무기는 안 된다고? 생각해 봐라. 어, 창으로 찌르면 걔들이 우릴 살려 두겠냐? 앞으로 바다에서 만나면 다 죽을 거야? 어, 생각 좀 하자."

아저씨들이 실었던 무기를 주섬주섬 내립니다.

"창하고 도끼는 그대로 두세요. 고래에게는 안 쓰지만 간 김에 그 물개 좀 잡아 오세요. 먹을 것이 간당간당한데, 돌고래 새끼들이 저 난리를 쳤으니 올해는 고래잡이도 아마 못

할 거거든요."

 사람들이 뗏목에 다 타고 버금 어르신이 뗏목에 타려는데 범이가 공손히 인사를 합니다.
 "조심해서 잘 다녀오세요. 고생 많으시겠습니다."
 "범이는 안 가니?"
 아저씨들이 묻습니다.
 "당연한 것 아닌가요? 그 안에 저처럼 어린애가 하나라도 있나요? 저 같은 어린이는 짐만 되지 도움이 조금도 안 됩니다."
 "아이씨, 아, 아 정말 아파요."
 버금 어르신이 범이의 귀를 우악스럽게 잡아서 뗏목으로 끌고 올라갑니다.
 "빠지기는 어디 빠져. 어, 네가 꾸민 일, 네가 책임을 져야지."
 "아씨, 내가 이래서 안 나서려고 했는데."
 "이미 늦었어 임마, 우리 잔머리 범이가 없으면 그 미치광이 고래를 누가 혼내주겠냐?"
 "아, 아, 아야. 그럼 제 조건을 들어준다고 약속하면 따라갈게요."
 "무슨 약속?"

"미리 약속한다고 안 해주면 저 여기서 뛰어내려 도망갑니다."

"말을 해야 약속하든지 말든지 하지."

"그럼 잘 다녀오세요. 저는 죽어도 못 갑니다."

버금 어르신은 슬슬 화가 났지만, 지금까지 범이의 행동으로 봐서는 이 약속도 필요한 것일 거라는 생각이 들었습니다.

"좋다. 그 조건 들어 준다. 그런데 딱 하나다."

"말해 봐라."

"여기 있는 사람과 거기 있는 사람까지 모두 고래를 다치게 하면 제 손으로 물에 던져 넣을 수 있게 해주십시오."

범이의 눈이 새파랗게 빛나고 아저씨들은 눈빛이 멍해졌습니다.

"이번 일은 우리가 앞으로 바다로 나갈 수 있느냐 없느냐를 결정하는 아주 몹시 중요한 일이거든요. 고래를 죽이거나 크게 다치게 하면 앞으로 우리 마을 사람들은 쫄쫄 굶어야 하고, 바다에 나가면 수시로 죽어 나갈 겁니다. 그러니 말을 안 듣는 사람들은 우리 마을을 쳐들어오는 적들보다 더 나쁜 사람이라는 것입니다."

사람들이 웅성웅성합니다. 그리고 여기저기서

"뭐 저런 버르장머리 없는 놈이 다 있냐?"

"어린놈이 처 돌았나?"

"귀엽다 귀엽다 했더니 어른 멱을 딴다고?"

범이는 여전히 새파란 눈으로 버금 어르신을 처다봅니다.

"야, 그래도 고래 좀 다치게 했다고 사람을 물에 집어 던지냐?"

"봐주는 것 없습니다. 심지어 저 자신까지 실수하면 목숨 내어놓겠습니다."

버금 어르신은 곰곰이 생각해 봅니다.

'그래. 그 정도 조건은 걸어야 생포한 고래를 온전히 지킬 수 있겠구나.'

"지금부터 이번 작전의 우두머리는 범이다. 범이의 말을 어기는 자는 목을 벤다. 나도 마찬가지다. 모든 일이 끝날 때까지 지금 섬에 있는 큰 작살님도 이 말은 따라야 한다."

'무서운 녀석'

범이의 명령을 따라야 하는 시간이 예상보다 너무 빨리 왔습니다.

속임수에 숨긴 속임수

속이 비고 바짝 마른 대나무로 가볍게 만든 두 척의 뗏목은 강물을 따라 상당히 빠르게 내려갔습니다.

고래 사냥 막에 도착했을 때는 —지금 사람들이 오리온이라고 부르는— 세쌍둥이 별이 하늘 가운데 떠 있고, 소리섬에서는 모닥불이 타고 있었습니다.

정신을 차린 작은 작살이 버금 어르신을 반갑게 맞습니다.
"어서 오세요. 어르신."
"시간이 없으니 바로 이야기부터 하게."
"예, 어르신 덕분에 일단 물하고 먹을 것은 섬에 보냈습니다. 고래가 물속에 숨어 있어서 사람들은 못 나오고 있습니다."

범이가 옆에 있던 버금 어르신에게 작게 속삭입니다.
"망꾼 말하고 다르게 몇 사람은 나온 것 같은데 어떻게 된 것인지 말해 달라고 좀 해주세요."

바닷가의 창고 건물

"다 갇혔다고 하더니 좀 나왔나 보네. 고래가 없어졌나?"
"아니요. 아마 지금도 물속 어딘가 숨어서 사람들이 물에 들어오면 덮치려고 하는 것 같습니다."

범이는 무언가 이상했습니다. 고래는 물고기가 아니거든요. 물속에서 무한정 숨을 안 쉬고 숨어 있을 수는 없는데 말입니다.
"작은 작살님, 작은 작살님이 섬에서 나올 때 어떻게 나왔는지부터 물 전달해 줄 때 뭐가 나왔는지까지 다 이야기해 주세요."
작은 작살은 범이를 한 번 쳐다보더니 불쾌한 표정으로 버금 어르신을 봅니다.

속임수에 숨긴 속임수 | 141

"그래. 처음부터 지금까지 있었던 일을 자세히 말해 보게."

작은 작살은 지금까지 있었던 일을 찬찬히 말했습니다. 가만히 듣고 있던 범이가 갑자기 큰 소리로 말했습니다.
"지금부터 지휘는 제가 합니다. 제 지휘에 따르지 않는 사람은 버금 어르신이 아까 약속한 것처럼 바다에 던져 넣겠습니다."

섬에서 탈출한 고래잡이들을 비롯하여 사냥 막에 있던 사람들까지 깜짝 놀라 범이와 버금 어르신을 쳐다봅니다.
"지금은 목숨이 걸린 싸움이다. 지금부터 범이가 이 싸움 우두머리다. 이것은 으뜸 어른을 대신하여 마을을 책임지는 나의 결정이다. 누구든 빠질 수 없다."

이 시대의 사람들은 전쟁을 자주 했기 때문에 싸움에서 한 사람의 지휘를 따라야 한다는 것을 몸으로 느끼고 있었습니다.
"알겠습니다."
모두가 같이 답을 했습니다.
"지금 물속에 고래는 없습니다. 사람들을 속이고 배를 채우러 간 것 같습니다. 아마 내일 아침에 물속에 있었던 것처럼 나타날 것입니다."

"그물잡이 아저씨들은 지금부터 불잡이 아저씨의 안내를 받으면서 샛별이 솟아나기 전까지 그물을 넣으세요. 우리가 잡으려는 것은 아주 큰 물고기입니다."

"그물 넣기가 끝나면 그물잡이들은 섬으로 가서 싸움꾼들을 이끄세요. 제가 소리하면 맞춰서 그물 당길 준비를 해주세요."

"고래가 없으면, 지금 사람들을 다 불러내는 것이 좋지 않겠습니까?"

작은 작살이 버금 어르신에게 묻습니다.

"우리가 하려는 것은 사람들을 구하는 것도 있지만 돌고래 놈들을 산 채로 잡아서 길을 들이는 것이다. 그래야 앞으로 안심하고 바다에 나가서 고래를 잡을 수 있으니까."

"돌잡이 어르신은 고래들 눈치 못 채게 밧줄 안 보이게 해서 고래 잡으면 바로 땅으로 끌어올릴 준비해 주세요."

"나머지는 좀 쉬었다가 뗏목 타고 섬으로 들어가 서 준비하죠."

"어르신, 다른 것도 중요하지만 고래를 다치거나 죽게 하면 예외 없이 물에 던져 버린다는 것은 반드시 알려야 합니다. 큰 작살님에게 몇 대 맞더라도 말입니다. 만약 그게 안 지켜지면 앞으로 고래 잡아도 쟤들에게 다 빼앗기게 된다고 말입니다."

그물을 실은 뗏목이 깊은 물길 쪽으로 가는 것을 보고, 범이는 다른 뗏목에 실려있는 무기들을 모두 거두어서 창고에 넣고 못을 박아버렸습니다.

그리고 돌잡이들이 장비를 다 내리자 그 뗏목에 버금 어르신을 태우고 작은 작살과 같이 섬으로 갔습니다.
"어르신, 제가 말하면 사람들이 안 들을 것입니다. 그러니 어르신 생각인 것처럼 잘 말해 주세요."
"그래 알았다."

버금 어르신과 범이는 큰 작살님에게 가서 고래를 생포할 계획을 설명했습니다.
"그러니까 우리 모두 고래들이 물속에 숨어 있다고 믿는 척하고 내일 서둘러 도망가는 척만 하면 고래 몇 놈을 잡아서 고래들을 혼내 줄 수 있다는 것 아니냐?"
"예. 큰 작살님."
"대신, 잡은 고래를 다치거나 죽게 하면 이 일은 안 하는 것이 맞습니다. 고래가 다치거나 죽으면 앞으로 굶어 죽는 애들 많이 보겠죠."

큰 작살은 다른 것은 몰라도 애들이 굶는 것은 정말 참기 어렵습니다.
"애들이 굶으면 안 되지."
"그래서 만약 잡은 고래를 다치게 하는 사람이 있으면 바다에 던져 버린다고 하겠습니다. 이건 제 생각이고 이번 작전을 세운 범이의 부탁입니다. 누구라도 빼 줄 수는 없습니다."

"좋다. 실패하면 네가 책임지고 일단, 이번 일은 자네 생각을 받아들이지. 모두 들었지? 지금부터 버금 어르신 말을 내 말이라고 생각하고 따른다."
"다시 하셔야 합니다. 내가 아니고 저기 저놈 말을 따르라고 해주십시오."

큰 작살은 처음에는 버금 어르신이 농담하는 줄 알았습니다. 수많은 사람의 목숨이 걸린 싸움을 꼬마가 지휘한다니 황당하기도 했습니다. 그렇지만 곰곰이 생각해 보니 이 작전을 가장 잘 아는 사람도 저 꼬마인 것 같고, 물고기를 한꺼번에 잡는 것도 봤기 때문에 충분히 가능성도 있어 보였습니다. 그리고 무엇보다 다른 방법이 없었습니다.

수많은 싸움을 경험한 으뜸 어른은 싸움에서 머리의 역할이 얼마나 중요한지 알고 있었습니다. 그래서 많이 머뭇거렸지만, 마침내 마음을 정했습니다.

"자, 다시 여기 봐라. 이번 싸움은 저기 저 꼬마가 이끈다. 너희들 지난번에 저놈이 연어 한 번에 가마니로 잡는 것 봤지? 머리가 잘 돌아가는 놈이니 한번 믿어보자. 실패하면 나와 여기 버금 어른이 책임진다."

범이와 버금 어른은 섬 위에 있는 고래잡이들을 불러 모아 작전을 상세히 설명하고 각자의 할 일을 정해 주었습니다. 그리고 해가 뜰 때까지 쉬라고 하였습니다.

그물을 넣는 것은 별로 어렵지 않았습니다. 마을에서 만들어 온 그물을 물길을 따라 쫙 펴고 그 위에 머리만 한 크기의 돌을 군데군데 던져두어 깊이 가라앉히고 땅 쪽의 얕은 물의 솟은 바위에 양 끝과 가운데 연결된 굵은 밧줄을 단단히 매고 섬 쪽으로 세 가닥의 굵은 밧줄 뽑아 밧줄 끝을 먼바다 쪽 언덕 바위에 매단 통나무에 묶어 두었습니다. 칼로 바위에 묶은 밧줄을 자르면 순식간에 밧줄이 팽팽해지면 그물의 모서리들이 물 위로 솟아 오르게 만들었습니다.

물에서 오래 일을 한 사람들을 위해 남은 나무를 모두 모아 큰 모닥불을 피웠습니다. 그리고 가지고 온 고기들을 모두 구워서 배부르게 나누어 먹었습니다. 어차피 아침이면 섬에서 나갈 수 있기에 아낄 필요가 없었습니다.

범이는 모닥불 옆에 들고 온 염소 털가죽을 펴고 누웠습니다. 머릿속으로 수없이 돌려 보았지만 크게 잘못될 일은 거의 없었습니다.

"야, 저 자식은 지금 이런 상황에 잠을 다 자네."
"놔두게. 이 모든 것을 저 애가 다 생각했고 뗏목에서 멀미도 좀 하는 거 같더라고. 어린 녀석이 많이 힘들 거야."

찬란한 아침 해가 바다와 하늘을 녹여 붙인 것처럼 솟아납니다.
"우리 노리개들은 잘 있겠지?"
번개가 물었습니다.
"당연히 잘 있지, 제까짓 놈들이 무서워서 바다에 들어갈 배짱이 있겠냐?"
제이미가 킥킥 웃으며 답합니다.
오늘도 좁은 섬에서 말려질 사람들 생각에 신이 납니다.

"자 가자. 큰눈이의 복수를 위해."

번개가 제일 앞장서고 제이미와 그 일당은 소리섬을 향해 출발합니다.

사냥 막 뒤쪽의 높은 망루에서 북을 둥둥 칩니다.

그리고 소리칩니다.

"흰점박이돌고래 몇 마리가 큰 바위섬 앞을 지나가고 있다!"

망루부터 소리섬까지의 거리가 너무 멀어서 다섯 사람의 입을 거치고 나서야 소리섬의 범이에게 전달되었습니다.

슬도에서 북쪽으로 보이는 대왕암

"어제 다 말했지만, 다시 말합니다. 머릿속으로 생각하고 있으세요."

"망꾼 아저씨, 올라가서 잘 보시고 고래가 물속으로 사라지면 저에게 알려 주세요."

"거기, 칼 든 아저씨들, 바위에 통나무 묶은 줄 한 밧줄에 2명씩 붙어서 밧줄 자를 준비하시고요. 제가 '지금'이라고 말하면 양 끝은 바로 자르고 가운데 밧줄은 빠르게 셋을 센 다음 자르세요. 그물잡이 아저씨들이 칼 들고 있는 아저씨들 데리고 가서 어떻게 되는지 이야기해 주세요. 지금 바로!"

"그리고 거기 힘센 아저씨들 서른 분, 열 명씩 언덕 꼭대기에서 밧줄 옆에 누워있다가 통나무 떨어지고 나면 밧줄 팽팽하게 당겨 바위에 묶어 주세요."

"그리고 고래잡이 형들은 저기 땅 쪽 언덕 아래에 있다가. 망꾼이 고래가 물속으로 잠수했다고 하면 백을 센 후 뗏목에 올라가서 섬을 나가는 척하세요. 철버덕거리면서요. 미끼 역할입니다."

"참 그 등빨이라고 했나? 그 힘만 센 아저씨는 지금 물 건너가서, 어제 먹을 것 받을 때처럼 건너에서 작은 작살님이 던지는 밧줄을 받아서 당기는 척하고요."

범이는 맨날 물고기잡이라고 놀리던 등빨이를 잘 알고 있었습니다. 그렇지만 별 관심이 없었던 것처럼 한 번 무시해 주었습니다.

"고래잡이 여러분은 그냥 미낍니다. 무리하지 말고 고래가 덮치면 바로 섬으로 돌아오세요."

"아셨죠? 미끼 역할만 하면 됩니다. 미끼!"

고래잡이들은 묘하게 기분이 나쁩니다. 마을에서 최고의 싸움꾼들인 자기들에게 '미끼'라고 강조하는 저 뺀질뺀질한 녀석을 한 대 쥐어박고 싶습니다.

평소에 고래잡이라고 뻐기던 형들에게 소심한 복수를 한 범이는 기분이 점점 좋아졌습니다. 어쩌면 범이는 머리 노릇이 체질인지도 모르겠다고 생각했습니다.

범이가 망루에 올라가서 망꾼 옆에 섰습니다. 저 멀리 큰 바위섬과 소리섬 중간 정도에서 고래들이 물속으로 사라졌습니다.

"고래들이 물속으로 들어간 것 같다. 물결도 안 보이고 따라다니던 갈매기도 안 보인다."

"섬 가까이 올 때까지 물속으로 올 것입니다. 갑자기 나타나서 자기들이 계속 지키고 있는 척할 겁니다."

"작은 작살 형님, 지금부터 열을 열 번 세고, 미끼 될 사람 데리고 겁먹은 척하면서 뗏목에 올라가세요."

백을 세라고 하면 될 것을 범이는 고래잡이들에게 꼭 열을 열 번 세라고 합니다. 고래잡이들에게 물고기잡이, 풀씨는 뜯는 것들이라고 무시당한 한이 많았습니다.

범이도 조용히 숫자를 세었습니다.

'~ ~ 백'

"작은 작살 형님, 지금이요!"

작은 작살과 고래잡이들이 뗏목에 오르고 땅 쪽으로 스르르 출발합니다. 그때 소리섬 바로 앞쪽에서 흰점이 선명한 고래 머리가 휙 솟아오릅니다.

"키키, 이놈들 우리가 없는 줄 알았지. 바다 밑에 딱 숨어 있었다."

작은 작살이 밧줄을 건너편 사냥막 쪽으로 던지고 그 밧줄을 등빨이 받아서 당깁니다.

그러자 제이미와 악당들은 빠른 속도로 돌진합니다.

'감히, 보는 앞에서 도망을 가려고! 뒤집어엎어 주지'

"뗏목은 버린다. 뒤로 뛰어서 섬으로 올라간다."

뗏목에 탔던 고래잡이들은 잽싸게 섬 쪽의 낮은 물로 뛰어내려 허우적거리며 섬으로 기어올랐습니다.

"얘들아, 뗏목 뺏어. 저거 타고 도망가면 아깝잖아."

제이미와 친구들이 뗏목 밑으로 들어갔습니다. 그대로 뗏목을 등에 얹어서 가져가려고 말입니다. 사람들이 만든 뗏목은 의외로 쓸모가 있었습니다. 바다에 띄워 놓으면 따가운 햇볕도 막아 주고, 그늘에 고기들도 잘 모여들었습니다.

그런데 그 밑에 튼튼한 그물이 깔린 줄 제이미 일당은 몰랐습니다.

생포된 악당들

 망루에서 이 꼴을 보고 있는 범이는 너무 기뻐서 팔짝팔짝 뛸 뻔했습니다. 다섯 놈이 작은 뗏목 밑에 빽빽이 모여 있으니 그렇게 좋을 수가 없었습니다.
 "지금 바위에 묶은 밧줄 잘라요."

 양쪽 끝 밧줄 담당 아저씨들이 칼을 내리쳐 밧줄을 댕강 자릅니다. 그러자 그물 앞뒤의 밧줄이 그물을 달고 바위에서 섬 방향으로 비스듬히 솟아오릅니다. 이제 고래들이 그물을 벗어나려면 소리섬 쪽 그물 중간의 틈으로 나가야 합니다.
 고래들이 깜짝 놀라 그물의 틈을 찾습니다.
 그 순간 가운데 밧줄도 평평해지면서 그물 3면이 사람 키만큼 막았습니다.
 "등빨이, 지금 그쪽 그물 중간에 장대 세워!"
 하늘 같은 고래잡이가 물고기잡이인 범이의 명령에 따라서 큰 막대기를 세워 그물의 높이를 높입니다.
 땅 쪽으로는 물이 낮아서 고래들이 도망갈 수는 없지만 그래도 방비를 하는 것이 낫다고 생각했습니다.

"지금부터는 돌잡이 어른이 이끄세요. 밥 두 번 먹을 동안에 저것들 저쪽 땅 위에 끌어올려 주시면 됩니다."

땅 짐승에 비해 무지막지하게 크긴 하지만, 소 이백 마리 무게의 바위를 운반하던 돌잡이들에게는 별 어려운 것이 없어 보였습니다.

"그리고 모두 제 말을 들으세요. 이건 어기면 바로 바다에 던져 버립니다. 대나무 막대기 정도로 때리는 것까지만 해도 됩니다. 더 심하게 하면 반드시 잡아서 쟤들 어미들에게 던져 줄 것입니다."

바다에 가라앉아있던 질긴 삼밧줄로 만든 그물이 솟아오르고 물 위에는 뗏목이 있어서 그사이에 갇힌 다섯 마리의 어린 고래들은 마치 석쇠에서 구워지고 있는 고등어처럼 되었습니다.

고래들은 그제야 무언가 잘못되었다는 걸 알게 되었습니다. 역시나 겁쟁이 울음이 연신 비명을 질러대며 울기 시작했습니다. 그리고 그런 울음이를 따라 다른 고래 친구들도 울기 시작했습니다.

"으악- 이게 뭐야."

그물 위에서 아무리 버둥거려 봤자 아무것도 할 수 없었습니다. 거기다 사람들이 대나무 몽둥이를 들고 다가왔습니다. 그걸 보고 제이미도 겁에 질려 울음을 터뜨립니다.

고래들의 울음소리는 남쪽 얼음의 땅에서 북쪽 얼음의 땅까지 들린다고 했지요.

아름다운 동해 바다

제이미와 친구들의 울음소리가 그렇게 멀지 않은 물개 해변까지 들렸습니다. 제이미와 친구들의 가족들이 황급하게 소리섬으로 헤엄쳤습니다. 하지만 고래마을 사람들은 그전에 제이미와 친구들을 땅 위로 충분히 끌어 올리고도 시간이 남았습니다. 고인돌을 옮기는 돌잡이들이 능숙하게 고래들을 해변으로 끌어올렸고. 마침내, 말 안 듣는 흰점박이돌고래 제이미와 친구들은 고래마을 사람들에게 잡혀 땅 위에서 말려지게 되었습니다.

종전 협상
경우가 없네! 경우가

　어른 흰점박이돌고래들이 겨우 소리섬에 도착하였을 때 이미 말 안 듣는 아들들이 해변에서 고래마을 사람들에게 맞고 있었습니다. 흰점박이돌고래들이 안절부절못하고 있던 그때 땅에서 큰 뗏목이 무리에게 다가옵니다. 뗏목에는 누가 봐도 우두머리 같은 큰 작살과 삿대 미는 사람 둘 그리고 범이가 타고 있었습니다.

　"큰 작살 어르신, 세게 나가세요. 우리는 아쉬울 게 하나도 없어요. 안 되면 저것들 확 먹어버리면 되니까요."
　범이는 일부러 고래들이 다 들을 수 있게 크게 말했습니다.
　달이와 큰 작살 어르신이 얼굴을 마주했습니다.

　달이가 말했습니다.
　"감히, 네가 누구의 아들들을 건든 줄 아느냐?"

"그럼, 너희들은 누구를 건드리는지 알고 건드렸냐?"

범이는 말없이 말린 육포를 꺼내 뗏목에 실은 화로에 살살 구워 씹어 먹습니다.

"햐, 역시 고래고기는 구워야 맛있어."

범이가 작게 중얼거립니다. 이 소리를 들은 고래들은 오싹함을 느낍니다. 한 입도 안되는 쬐끄만 녀석이 정말 상상할 수도 없는 말을 하고 있습니다.

흰점박이돌고래들이 파도를 일으키려고 합니다. 범이가 손짓합니다. 고래마을 사람들이 제이미와 친구들을 두들깁니다.

"지금 배를 뒤집어버리면, 당신들 아들들이 곤란할 텐데."

큰 작살 어르신이 으르렁거립니다.

"모두 가만히 있어."

달이 뒤쪽에 있던 할머니 고래가 고함을 꽥 지릅니다. 파도를 일으키려던 고래들이 멈춥니다. 엄마 고래들은 지느러미를 발발 떨고 분수공으로 뜨거운 분수가 여기저기 솟습니다.

"너희들, 쟤들이 조금이라도 다치면 앞으로 바다에 못 나올 줄 알아!"

"이것들은 아직도 생각이 없네. 아니, 이 돌고래들아, 생각을 좀 해봐. 우리는 큰 배를 만들어서 작살과 무기를 싣고 너희들을 공격할 수 있어. 그런데 너희는 땅에 있는 우리에게 어쩔 건데?"

달이는 화가 머리끝까지 올라갑니다.
"야, 너희들 중에 누가 죽었냐? 아님. 다쳤어? 다 우리가 봐준 것 아니냐?"
달이가 세상 억울한 표정으로 고함을 칩니다.

"우리가 너희들 먹이를 빼앗았냐? 먼저 창을 던졌냐? 너희가 멀쩡한 우리 배 다 부수고, 애들 먹일 고래도 가져가고, 저 섬에서 사흘이나 물도 못 먹고 갇혀 있었잖아. 이거 누가 화를 내야 하는지? 새끼들이 경우가 없네. 경우가"
큰 작살님이 으르렁거립니다.

"모두 조용히 하세요. 그럼, 우리가 뭘 해주면 좋겠어요?"
뒤쪽에서 눈을 감고 있던 할머니 고래가 앞으로 쑥 나섭니다.
큰 작살이 범이를 쳐다봅니다. 범이는 우물우물 육포를 먹으면서 허리를 세웁니다.
"뭐 지금부터는 저와 이야기하시죠. 우리 어른은 마음씨가 너무 고와서 손해만 볼 것 같거든요."

"뭐어?"

"왜요?"

"아니 됐다."

범이가 씹던 고기를 꿀꺽 삼키고 앞으로 나섰습니다.

"그, 보니까 아직 어린놈들 같은데 아무리 어려도 저렇게 막살면 이웃이 피곤해져요. 아니 자식을 어떻게 가르치기에 저렇게 날뜁니까?"

달이는 차가운 바닷물이 뜨겁다는 생각이 절로 들었습니다.

'뭐 이런 놈이 다 있냐? 아직 어린 것 같은 놈이 뭘 안다고.'

큰 작살님은 협상을 이 녀석에게 맡기는 것이 맞는지 걱정이 되기 시작했습니다.

"내 앞으로는 사람들 근처에도 못 가게 주의시키겠네. 그럼, 우리 아이들을 놓아주겠나?"

범이가 고민하듯 고개를 갸우뚱하다 답합니다.

"저놈들, 어른들이 아무리 말해도 잘 안 듣지요?"

흰점박이돌고래들이 침묵합니다.

"그럴 줄 알았습니다. 이참에 저희 쪽에서 버릇을 좀 고쳐

줄 생각인데. 어떻게 생각하십니까?"

범이의 말에 흰점박이돌고래 어른들이 모여서 의논하더니 달이가 의견을 모아 범이에게 말했습니다.

"그것도 나쁘지 않은 생각인데. 대신 아이들 다치면 각오하는 게 좋을 거다."

"고생은 좀 되겠지만 다치게 하지는 않을 작정입니다."
"지금도 많이 반성하는 것 같으니까 이제 좀 풀어 주세요."
제이미 엄마 별이가 애처롭게 말합니다.

"참, 돌고래라서 그런지 경우가 없기는 없습니다. 거기 할머니, 어찌 생각하세요? 그쪽은 피해가 하나도 없지만 우리는 고래 도둑맞아, 배 다 박살 나. 작살도 다 떠내려가. 여기서 이런다고 씨앗도 못 뿌려. 이거 뭐 손해가 이만저만이 아닙니다."
"그건 미안하게 되었네. 그래도 애들 장난 아닌가?"
"참 내, 우리 쪽 사람들도 장난으로 고래 지느러미 잘라서 구워 먹겠다는 것을 내가 금방 말리고 왔어요. 장난으로 말이죠."

"그래 그럼 바라는 것을 말해 보게"

"훔쳐 간 것만 한 것으로 2마리 잡아 주시죠. 배는 우리가 손해 보는 것으로 할게요."

"뭐? 한 마린데 왜 두 마리?"
"거기 아저씨, 아니, 잘못을 했으면 거기에 대한 벌이 따르는 것 아닙니까? 무슨 경우가 없어. 경우가."
 혼잣말처럼 반말해대는 범이의 말투에 달이의 콧구멍에서는 무지개가 만들어졌습니다.

"두 마리가 아니라 열 마리라도 잡아 주고 빨리 애들 데리고 가고 싶지만 바다가 이 난리인데 고래들이 근방에 있겠나? 다른 걸로 어떻게 안 될까?"
 큰 작살님이 고개를 크게 끄덕입니다.
"범아, 이제 혼 많이 났을 건데 그만 보내 주고 좀 쉬자."
"할아버지는 그냥 쫌 가만히 계세요."
"뭐, 할아버지?"
"저보고 알아서 하라면서요. 그럼, 애들 굶겨요?"
 큰 작살 어르신은 애들 굶는다는 말을 세상에서 제일 무서워하는 사람입니다.

"그러면 물개 잡아 주세요. 그 고래 만큼 무게 되려면 큰 수

놈으로만 쉰 마리면 되겠네요."

"야, 물개가 그렇게 쉽게 잡히냐? 우리가 나타나기만 하면 전부 땅으로 도망가는데."
"그럼 우리는, 왜 물개를 못 잡게요?"
"그야 잡으려고 하면 바다로 도망가니까 그렇지."

"이해됐죠? 우리가 몽돌 해안에서 물개를 쫓을 테니까 물개가 바다로 나오면 큰 수놈만 한 100마리만 요 산 너머 모래밭에 몰아서 올려 주세요."
"쉰 마리면 된다며?"
"아, 참 돌고래라서 그런가. 아니 어떻게 이해력이 우리 어르신 같을까?"
혼잣말이지만 모두 들었습니다.

"우리만 입입니까? 저기 잡힌 애들도 먹여야 하고 저기 있는 고래들도 사냥도 못 했잖아요."
큰 작살님이 웃는 얼굴로 말하였습니다.
"와 우리 어르신 역시 마음씨가 너무 좋아요. 고래님들도 이해되셨죠?"

"그럼, 천천히 올라가서 그 물개들 도망 못 가게 포위하고 있으세요. 그럼, 우리가 가서 바다로 몰 테니."

"아니 그럼, 거기서 바로 잡으면 되지 뭐 하러 장소 옮기고 힘들게?"

"아~참, 거기에 어미 새끼 다 섞여 있는데 100마리나 때려 잡으면 참 모양 좋겠습니다. 수놈만 골라잡아야 내년에 또 잡을 것이 있지 않겠어요. 한 번 골라내야죠. 그리고 옮기기도 쉽고."

"옮기는 것은 어차피 뗏목에 실어서 옮기면 되고, 일단 그럼 새끼와 어미는 풀어 주고 수컷만 잡으면 되니까 거기서 하자. 응. 네가 물속에서 물개 몰아봐라. 물개가 얼마나 빠르고 거친지 아니?"

"좋아요. 그러죠. 뭐 먼저 출발해서 물개들 해안으로 쫓아 올리고 지키고 계세요. 우리는 걸어가니까 시간이 좀 걸리거든요."

"야, 저거 타. 우리가 밀고 가면 금방이야."

"그래 범아, 그거 좋은 방법이다."

범이가 큰 어르신의 귀에 입을 살며시 가져다 댑니다.

"그래서 쟤들이 뗏목에 사람 가득 싣고 저 고래새끼들과 바꾸자면 어쩌시려고요?"

"아!"

"아무리 마음이 고와도 믿을 걸 믿어야지요."

큰 작살님은 갑자기 마음이 불편해졌습니다. 아무리 사윗감으로 생각하지만 저런 놈에게 예쁜 나리를 보내야 할지 다시 생각해 보아야 한다고 생각했습니다.

"자 그럼. 출발합시다."

"잠깐만요. 그런데 애들은 언제 풀어 줄 건데?"

울음이 엄마가 물었습니다. 사실 울음이 엄마는 세상 억울했습니다. 사실 울음이는 엄청 순하고 맨날 울기만 하는 애인데 제이미가 나대는 데 휩쓸린 것일 뿐이었다고 생각했거든요. 그런데 울음이 정말 따라가기만 했을까요? 북쪽 바다에서 흰곰을 괴롭힐 때도 울음이 끝까지 괴롭혔고, 얼마 전에 복어를 던져서 할아버지의 눈을 붓게 만든 것도 사실 울음이의 짓이었거든요.

"확실히 하는 것이 좋겠죠. 아이들은 언제 풀어 줄 겁니까?"

사달이 엄마까지 고함을 쳤습니다.

범이가 큰 소리로 대답했습니다.
"우리 어르신들이 섬에서 삼 일 말려졌으니 삼 일 하고 삼 일 더 하면 일곱 번째 해가 뜰 때 풀어 주지요."

"무슨 말도 안 되는 소리, 그건 결국 죽이겠다는 뜻이지. 애들이 얼마나 약한 줄 알아?!"

범이가 아주 작은 목소리로 눈을 찡긋거리며 속삭였습니다.
"그냥 알았다고 해주세요. 그런 척만… 물개 잡으면 바로 풀어 주라고 할게요."
달이와 친구들의 부모는 무슨 뜻인지 이해를 하고 몽돌해변으로 출발하였습니다.

제이미의 여자친구 진이가 지느러미로 물을 동동 쳤습니다.

"아무리 그래도 일곱 번 해가 뜰 때까지 해변에 말리는 건 너무 심한 거 아녜요?"
진이의 아버지와 제이미 아버지가 말합니다.

"쟤들 이번에야말로 세상에 무서운 것이 있다는 것을 좀 배워야 한다."

"그리고 진이야, 앞으로 너와 결혼할 저것이 이번에 철들어야지."

울기등대에서 내려다보이는 대왕암

그 말에 진이는 아무 말 없이 물개를 잡으러 가는 어른들을 따라갑니다.

정말 무서운 밤

"한 마리만 먹자. 딱 한 마리만. 고래는 육횐데"
 협상을 진행하고 있는 동안 고래를 지키는 사람들은 정말 땀을 뻘뻘 흘리며 어른들을 말려야 했습니다.
 "그래 다섯 마리나 잡았는데 한 마리 먹으면 표도 안 나?"

 물러난 작살잡이 할아버지들이 고래를 잡아먹자고 소란을 피우고 있었습니다. 그것도 고래들 앞에서 말이죠. 제이미와 친구들은 챙챙- 칼을 팅기는 소리와 자기들을 고기로 만들어버리고 싶어 새빨갛게 독기 어린 눈으로 쳐다보는 할아버지들 때문에, 겁에 질렸습니다.
 "안 됩니다. 단 한 마리도 안 됩니다. 이들은 협상을 위한 인질이지, 고기로 만들기 위해 잡은 게 아니라고요."

 그때 복어로 눈을 맞은 흰구름산 으뜸 어른이 지팡이로 울음이를 찌릅니다.
 "얘는 먹자, 내가 오래 살아서 아는데 이런 놈은 아무리 혼내도 안 된다."

 제이미와 친구들은 소름이 꼬리에서 등을 타고 오르는 걸 느꼈습니다.

"잘못했어요. 살려주세요."

 범이는 모든 사람을 창고 앞으로 모이라고 했습니다. 마을에서 출발한 사람들은 범이의 지시를 잘 따르고 있었지만 먼저와 있던 사람들은 뭐가 뭔지 분간이 안 갔습니다.

'저거 물고기잡이 주제에 왜 자꾸 이래라저래라하지.'
 그때 버금 어르신이 소리를 빽 질렀습니다.
"창고 앞에 모이라는 소리 못 들었어? 빨리 안 가? 이것들이 섬에서 꺼내 줬더니 고마운 줄도 모르고."
 으뜸 싸움꾼들인 고래잡이와 나름 자부심이 강한 사냥꾼들까지 자존심이 상해 큰 작살을 쳐다봅니다.
"일단 창고 앞에 모여라."
 사람들이 우르르 창고 마당으로 몰려갑니다.

 범이는 사람들에게 이번 싸움에서 제일 먼저 생각해야 하는 것은 고래가 사람을 다시 못 건들게 하는 것이라고 찬찬히 알렸습니다.

　배를 잃고 고래까지 빼앗긴 값으로 몽돌밭에 있는 물개를 잡아 주기로 말을 맞췄다고 알려 주었습니다.

　그래서 지금 잡은 고래는 정말 지느러미 끝도 상하면 안 된다고 두 번 세 번 말했습니다.

"마을에서 출발할 때 버금 어르신께서 저에게 약속했습니다. 고래를 상하게 하면 제 손으로 처형한다고 말입니다. 고래를 상하게 하는 사람이 있으면 그 사람을 잡아서 그 고래 부모에게 던질 것입니다."

　사람들이 웅성거렸지만, 무기가 보관된 창고 문을 뜯으면서 다음 이야기를 계속했습니다.

"큰 작살님은 싸움꾼들 데리고 먼저 마을로 가세요. 이렇게 오래 마을 비웠다가 산 너머 애들이 쳐들어오면 빈집 털립니다."

"그리고 버금 어르신은 여기 남아서 지휘 좀 해주시고요."

"작은 작살님은 여기 창하고 큰 도끼 챙겨서 길 잘 아는 망꾼 따라서 몽돌 해안에 가서 물개 쉰 마리만 챙겨 오세요. 배가 다 부서져서 가죽이 많이 필요하니까 딱 한 방에 잡아야 합니다."

"야 그 무거운 것을 어떻게 여기까지 가져오냐?"
"거기 돌 위에 잘라 말려서 육포로 만들어와야 안 썩어요. 가죽 벗기고 잘 말려서 가져오면 됩니다."
"말려도 무거울 건데?"
"고래들 있잖아요. 잘 말려서 말린 가죽에 잘 싸서 뗏목에 실어 주고 고래들 보고 밀어 달라고 해요."

그리고 범이는 꼭 해줄 말을 이제야, 기억했습니다.
"거기 고래잡이 형님들, 반드시 수놈만 잡아야 합니다. 그래야 다음에도 또 잡을 물개가 남겠죠. 아셨죠? 크든 작든 수놈만 잡아 오세요."

범이는 말을 하면서도 거친 고래잡이들이 꼬마인 자기의 말을 따라줄 것이라는 자신은 없었습니다. 그렇지만 작살잡이들은 범이가 무슨 말을 하는지 알아들었습니다. 원래 사냥꾼들은 암컷이나 어린 새끼는 안 잡는 것이 자부심이었거든요.

"알았다 인마."
작은 작살은 범이의 어깨를 툭 치고 언덕을 넘어 출발합니다.

"돌잡이 아저씨들은 고래들 몰래 저것들 바다에 넣을 준비해주세요. 아마 내일이면 물개 사냥 끝날 것이고 그러면 풀어 준다고 했으니 내일 저녁에는 풀어 줘야 할 것 같습니다."

아직도 범이가 해야 할 중요한 일이 하나 남았습니다.
"거기 눈에 멍든 어르신, 저 아래 흰구름마을 으뜸 어르신이지요?"
"어, 그래 내가 저기 흰구름마을 으뜸 어른이지. 원래 나도 고래마을에서 작살잡이였는데 그리로 장가를 갔거든."
어르신은 아까부터 어린것이 막 이 사람 저 사람 일 시키는 것 보고 기분이 나빴는데 자기를 알아보고 공손하게 말을 하니 어느덧 기분이 좀 풀렸습니다.

"어르신이 제일 중요한 일을 하나 해주세요. 그래야 이번 작전이 제대로 됩니다."
흰구름마을의 어르신은 아직도 멍이 안 빠진 얼굴에 웃음이 퍼졌습니다.
"뭘 할까?"
"저기 저 할아버지들 보이죠. 저분들이 아무래도 사고 칠 것입니다. 어르신이 좀 지켜주세요. 잘 지키시면 제가 버금 어른께 말씀드려서 염소 세 마리 드리라고 할게요."

큰 작살 어르신도 출발하기 전에 흰구름마을 어르신을 불러서 다시 한번 부탁을 했습니다.

"내 다음 으뜸 어른은 아마 저 녀석이 될지도 모른다. 좀 도와줘라."

"고래는 육횐데, 싱싱할 때 잘라 먹어야 제맛이지 그 마른 거는 제맛이 안 나는데."

사냥 막에 남아 있던 늙은 작살잡이들이 자기들끼리 모여 수군거립니다.

밤이 깊어 갑니다. 보름에서 하루 지난 하늘에는 새벽에도 환합니다. 고래들을 지키는 보초들이 피워놓은 모닥불도 깜박깜박 잠이 듭니다.

새벽잠이 없는 늙은 작살잡이들이 잠을 깼습니다. 젊은 시절 작살잡이를 할 때 먹었던 고래 생고기가 자꾸 생각납니다.

고래 생고기를 먹고야 말겠다고 세 늙은이가 톱과 칼, 도끼를 들고 제이미와 친구들에게 다가와서 표가 안 나는 꼬리 아래를 잘라 가려고 합니다.

"야, 조용히 해라. 표도 안 나게 조금만 잘라 갈 테니."

달빛에 비친 세 늙은이는 연신 입맛을 다시면 고래를 옆으로 밀고 칼질을 하려고 합니다.

고래들이 다급한 비명을 지릅니다. 보초들이 할아버지들을 덮쳤습니다.

범이가 알면 바로 고래에게 던져 준다고 했기 때문에 보초를 서던 아저씨들은 마을 어른들을 차마 범이에게 데리고 가지는 못하고 사정합니다.

"할배님들, 제가 마을에 가면 우리 집에 있는 멧돼지 말린 것 다 드릴 테니 제발 가서 주무세요."
"너희들은 안 자나? 우린 다 잤다."
"그려, 우리가 지킬 테니 너희들도 좀 자."
"정말 자꾸 이러시면 저 어르신들 고래밥 되어도 몰라요."
"아따 참 딱딱하게 구네. 표 안 나게 옆구리 아래 한 줌만 떼어 간다니까? 저 큰 고래에 살 한 줌 떼어 내어 봐야 표도 안나."

옆에서 듣고 있는 제이미와 그 일당들은 따뜻한 날씨인데도 온몸을 부들부들 떨었습니다.

보초들은 아까 범이가 한 말을 떠올렸습니다.

'만약 고래가 상하고 범인이 누군 줄 모르면 보초 서신 분

들이라도 고래에게 던져 줘야 고래들이 미처 날뛰지 않을 것입니다. 명심해 주세요.'

생글생글 웃던 얼굴이 갑자기 새파랗게 변하면서 당부한 범이의 모습은 충분히 겁이 났습니다.

그 때 흰구름 마을 으뜸 어른이 나타났습니다.
"어이, 친구들 지금은 전쟁 중이야. 잘못하면 목 날아가. 그만 가서 자."
밤에는 할아버지들에게 시달린 제이미와 친구들은 낮에는 뜨겁게 내리쬐는 여름 햇볕에 오징어처럼 말려지고 있었습니다.

"으악-으악-"
제이미는 피부가 따가워 비명을 질렀습니다.
"조용히, 해라 이놈아."
지나가던 한 늙은이가 대나무 창으로 제이미를 때립니다. 아침까지 고래 생고기 타령을 하던 그 늙은이 중 한 명입니다.
부드러운 머리에서 찰진 짝-소리가 납니다. 흰점박이돌고래의 머리는 단단해 보이지만 초음파 소리를 잘 내기 위해 의외로 물렁합니다.

"아이고, 고래죽네, 고래죽어, 누가 좀 살려 주세요."

갈매기들이 지나가다가 그 광경을 봅니다. 한 마리가 날아와 흰점박이돌고래들 등에 앉았습니다. 그리고 콕 쪼아 살을 뜯어내려고 합니다.

매나 독수리가 아닌 갈매기 부리로는 고래 가죽을 찢을 수 없지만, 햇볕에 마른 피부를 쪼아대니 견딜 수 없는 아픔이 왔습니다. 갈매기들이 하나둘 모입니다. 어쩌면 북쪽 바다에서 알까기 당했던 녀석들이 있는 줄도 모르겠습니다.

"아악, 갈매기 좀 쫓아 주세요."

보초들이 죽창을 휘둘러 갈매기를 날려 보냅니다. 제이미와 그 친구들은 이제 정말 후회하기 시작했습니다.

'물고기도 아니고, 바위 위에서 이렇게 말려지는 게 말이 돼?'

제이미와 그 일당들은 햇볕이 무섭고 바닷물이 고맙다고 생각해 본 적이 한 번도 없었습니다. 마치 우리가 공기와 물을 소중하게 생각해 본 적이 없는 것처럼 말입니다.

범이는 울다가 지쳐 헐떡이는 불쌍한 흰점박이돌고래들에

게 물을 뿌려주라고 보초를 서고 있는 아저씨들께 부탁했습니다. 고래마을 사람들은 범이의 말에 따라 고래들에게 물을 뿌려주면서 한마디씩 하였습니다.

"물고기나 고래나. 그런데 고래가 햇볕에 마르면 뭐라 불러야 하냐? 멸치가 마르면 마른 멸치니까 마른 고래?"
사람들은 낄낄거렸고 건방진 흰점박이돌고래들은 상처받았습니다.

해님은 느리지만 시나브로 져갔습니다. 노을 색이 하늘을 물들여가는 초저녁이 되었습니다. 바다 위를 나는 갈매기들도 밤을 지낼 곳으로 찾아 들었습니다. 제이미와 친구들은 그 모습을 보자 엄마가 보고 싶어졌습니다.
'이럴 줄 알았으면 말을 잘 듣는 건데.'

제이미와 친구들은 생각했습니다. 사달만 빼고요. 사달은 이름처럼 사고뭉치 고래라 사고치고 혼나는 와중에도 다른 고래 친구들처럼 반성의 깊이가 조금 얕았습니다. 오히려 옆에서 떨고 있는 친구들을 보며 은근히 즐기는 것 같습니다. 그리고 이따금 낄낄거렸습니다.

거의 다 큰 어린 고래들이 울음이 찔끔 나올 뻔할 때 누군가 고래들에게 말을 걸었습니다.

바람이 불면 소리가 나는 슬도의 다공질 바위

종전
내가 형이네

"이 꼴통 새끼들, 반성 좀 했나?"
 눈을 떠 보니 좀 어리고 약해 보이는 사람이 막대기를 들고 서 있었습니다.
"야, 너희들 몇 살이냐?"
 고래들은 '살'이라는 말을 몰랐습니다. 그래서 무슨 뜻인 줄 몰라서 가만히 있었습니다.

"어쭈? 대답 안 하지?"
"살이 뭔데?"
"음, 그러니까 지금까지 남쪽 바다에 몇 번 갔다 왔냐고?"
"아, 나이?"
"그래 인마, 나이."
"남쪽 바다에 열세 번 갔다 왔는데."

"어, 내가 형이네. 지금부터 형이라고 불러."

"나이가 몇 갠데?"

"형이라니까?"

"덩치도 별로 안 크고, 다른 사람들은 얼굴에 수염도 났는데 너는 수염도 없고 아직 어린 것 같은데."

"이것들이 형이라니까. 너희들보다 두 해를 더 살았다."

고래들은 기가 막혔습니다. 같은 동족도 보통 다섯 살까지는 친구로 지내는데 종족도 다른 조그마한 녀석이 두 살 많다고 형이라고 하라니 같잖지도 않았습니다.

"너희들, 내가 누군지 몰라? 여기 사람들 누구 말 들어? 어, 내가 지금 너희들 풀어 주려고 했는데 영 버릇이 없네."

"버릇이 뭔데?"

"이거 봐라. 고래 허가 짧다."

"……."

"아저씨들, 이 녀석들 저녁에 풀어 주려고 했는데 며칠 더 말리든지 먹어야겠어요."

범이가 막 굵어지기 시작한 목소리를 더 굵게 하여 허세를 부립니다.

"물개는 잡았다니?"

돌잡이 아저씨들이 밧줄을 챙기면서 범이에게 물었습니다.

"다 잡은 모양입니다. 잡으면 불을 크게 피우라고 했는데, 아까 불이 올라왔답니다."

범이가 다시 제이미와 일당들을 보고 말했습니다.

"그 할아버지들이 고래고기 먹고 싶다고 난리던데 할아버지들 부를까?"

고래들은 정말 환장할 노릇입니다. 지느러미만한 녀석이 갑자기 형이라고 부르라고 하고, 먹네 마네 하니 얼마나 환장을 하겠습니다.

그때 흰구름마을 으뜸 어르신이 돌칼을 들고 손바닥을 탁탁 치면서 고래들 옆으로 옵니다.

"어르신 고래 생고기 맛있어요?"
"너 안 먹어봤니?"
"마을까지 멀어서 생고기는 못 가져오죠."
"아이구야, 고래는 생고기를 먹어야 먹었다고 할 수 있다."
"그렇게 맛있어요?"

범이가 할아버지에게 무슨 말을 하려고 합니다.

"형, 왜 그래. 무섭게?"
"무섭게?"
"무섭게요."
"돌잡이 어르신, 그 애들 물에 넣게 준비 좀 해주세요."

고래들이 생각할 때는 정말 희한한 일이었습니다. 고래들은 나이 많은 할머니가 주로 결정하는데, 사람은 제일 작은 녀석이 이래라저래라합니다.

"형!"
"뭐?"
"형이 여기 머리야?"
"야? 풀어 주지 말까?"
"머리여요?"
"머리는 그 수염 엄청 많은 큰 작살 할아버지고."
"그런데 왜 형이 시켜요?"
"그건 마, 형이 너희들 같은 녀석들 혼내주는 방법을 백서른일곱 가지를 알거든."
"야, 이빨아, 진짜 네 형이다."
사달이가 옆에 누워있는 이빨이에게 속삭입니다.

"그래. 지금 풀어 줄 테니 저기 큰 바위 쪽으로 한 참 올라가면, 그 몽돌 바닷가 있거든 거기서 너희들 가족들이 물개 잡아 놓고 기다리고 있을 거다. 앞으로는 장난 심하게 치지 말고, 형 보고 싶으면 여기 와서 부르면 배 타고 내려올게."

돌잡이 아저씨들이 바닥에 잘 다듬어진 통나무를 깔았습니다.
"아저씨, 제가 물개 고기 많이 드릴 테니 저 녀석들 안 다치도록 바닥에 푹신한 걸 좀 깔고 좀 조심조심 옮겨 주세요."

"그래. 고생도 했고, 반성도 많이 한 것 같으니까 그래야겠지."

돌잡이 아저씨들은 통나무 위에 대나무 뗏목을 끌어 올리고 그 위에 창고에 있는 가죽 부대들을 깔았습니다.
그리고 고래들에게 그물을 씌어 묶은 후 끝에 있는 울음이를 굴려서 실었습니다. 그리고 조심스럽게 밀자 통나무가 구르면서 고래가 스르륵 바닷물로 밀려들어 갔습니다.

바로 앞은 물이 얕았지만, 뗏목의 부력이 있어서 무릎 높이부터는 잘 밀렸습니다. 그렇게 어깨높이 정도 되는 깊이까지 밀고 가서 그물을 벗기고 풀어 주었습니다.

  설명은 길었지만 일은 매우 빨랐습니다. 물이 가득 차는 시간을 맞추어 옮겼기 때문에 옮겨야 하는 거리가 별로 멀지도 않았습니다.

  "어이, 동생들 잘 가라. 착하게 살고."

  고래들은 쬐그마한 녀석이 말끝마다 형이라고 하니까 황당하기는 했지만 그래도 자기들을 열심히 지켜준 것은 눈치로 알 수가 있었습니다.

  제이미가 말했습니다.
"형, 고마웠어요. 다음에 올게요."

  그러자 네 마리의 친구들도 말합니다.
"형 가을에 내려갈 때 또 봐요."
"그래 다음에 보자!"
"그리고 사고 치면 일흔아홉 번째 방법으로 혼낸다. 착하게 살아라."

  제이미와 친구들은 조심조심 물길을 빠져나갔습니다. 그

리고 서서히 속도를 높였습니다.

몸에는 그물 자국이 좀 남고, 끌려 올라갈 때 돌에 긁힌 곳이 좀 따가웠지만 크게 다친 곳은 없었습니다.

반구대 암각화 박물관 전시물

범고래와 슬도

 다음 날 아침, 어른 수컷 고래 넷이 물개 고기가 가득 실린 뗏목 두 대를 사냥 막 앞까지 밀어주고 갔습니다.
 범이는 그들에게 잘 구운 돼지 한 마리를 나눠 주었습니다. 아마 그들이 이 세상에서 구운 고기를 먹어본 최초이자 마지막 고래들이었을 것입니다.

 그 후로 북쪽 바다에서는 흰점박이고래들이 사람을 공격하는 일은 없었습니다. 그리고 그 고래 중 몇몇은 고래마을 사냥 막에 종종 드나들었습니다.
 사람들은 이 고래들을 '범이의 고래'라고 부르다가 어느 날부터 그냥 '범고래'라고 불렀습니다.

 사냥 막 앞의 소리섬은 큰바람이 부는 날은 고래들이 우는 것 같은 소리가 난다고 하였습니다. 그래서 사람들은 소리섬보다는 '울음섬'이라고 하다가 나중에는 거문고 소리가 난다고 하여 '슬도'라고 부르게 되었습니다.

그 일이 있고 난 후, 고래마을에 있는 벚나무에 꽃이 서른 번이나 피었다 졌습니다. 그사이에 으뜸 어른도 세 번이나 바뀌었습니다.

다섯 해 전부터 고래마을 으뜸 어른을 맡았던 범이가 이번에는 으뜸으로서 맞는 마지막 사냥철이라고 생각하여 고래 사냥 막까지 따라 나와 큰 잔치를 열었습니다. 혹시 제이미네 식구들이 지나갈지도 몰라서 소리섬 꼭대기에 커다란 모닥불을 피웠습니다.

그날 해 질 녘에 제이미네 가족들이 찾아왔습니다.

바다에 걸쳐진 바위에 범이가 눕고, 그 옆에 제이미가 얼굴을 걸치고 그동안 있었던 이런저런 일을 이야기해 주었습니다.

"그리고 우리가 북쪽으로 갔는데 저 멀리 더 북쪽에 먼 울음이 들리는 거야. 그런데 그 소리가 몇 년 전에 북쪽 얼음 쪽으로 갔다가 사라진 형의 목소리였거든."

"나 말고도 형이 있었어?"
"야, 형은 무슨, 내가 기억 못 할 때 남쪽 바다에 한 번 더 갔었고, 태어나기도 거기서 태어났다고 몇 번을 말하냐."

"하여간 우리는 북쪽 얼음 속으로 사라진 형이 죽은 줄 알았거든. 그런데 우리가 여기서 고생하고 간 그해 여름에 북쪽 얼음길이 열렸었는데 형이 예쁘장한 여자친구까지 데리고 왔는데 형의 몸 여기저기에 큰 상처 자국 가득한 거야. 하긴 우리 형은 나보다 더 별났다나."

"형이 그러는데 얼음 바다를 넘어가면 섬이 엄청나게 많은 바다가 나오는데 거기에 큰 고래보다 더 큰 괴물이 산다네."
"이쪽 바다에는 고래 말고는 그렇게 큰 괴물이 없잖아."
"다 안 가 봤으니 잘 모르지. 그런데 오징어는 나보다 더 큰 것이 가끔 나와."

"형이 돌아오기 바로 전에 그 괴물과 형네 무리가 한 판 붙었나 봐."
"왜?"
"그 괴물이 고기잡이하는 배를 공격하여 사람들을 엄청나게 죽였나 봐. 그래서 사람들이 하도 부탁해서 좀 도와주려고 형네 무리 열다섯이 덤볐는데도 지고 많이 다치고 그랬나 봐."

"너희들 열다섯이 질 정도면 아이고야?"

"사람들이 '하이'라고도 하고 '크라켄'이라고 한다고 하더라고."

"어쨌든 형이 그런 이야기를 하는데 북쪽 바다에 있는 어린 녀석들은 다 그 이야기를 듣느라고 며칠을 보냈어. 특히 형 여자친구가 진짜 날씬하고 예뻤거든, 아마 여동생들 많은 데 소개해 준다고 했나 봐."
"고래나, 사람이나 하여간."

"그래 그럼, 그 형은 지금 어디 사는데?"
"다시 북쪽 얼음길을 넘어갔지. 그런데 다음 날 형이 떠나고 나서 사달이하고 이빨이도 사라진 거야. 어린 녀석 몇하고."
"아, 그 녀석들도 보고 싶은데."

"야, 그런데 네 손자 녀석 눈빛이? 너를 너무 많이 닮았더라."
"안 그래도 저기 한 번 말려줄까 생각 중이다."
"너는 아까 보니까 이제 진짜 우두머리 된 것 같던데?"
"벌써 다섯 해나 고생했다. 이번 고래잡이 마치면 물려 줄 작정이야."

"아직 젊은데?"
"빼고 빼고 하다가 다섯 해 전에 애들 엄마 오빠가 작살 들고 위협하는 바람에 맡았는데 너무 귀찮다."
"뭐가 그리?"
"사람은 먹는 것이 복잡하거든. 챙길 일도 많고, 동족끼리 전쟁도 자주 하고."

"나도 고래였으면 좋겠다. 너 따라 멀리멀리 다녀보게?"
두 친구는 밤새워 이야기했습니다.

"야, 우리 마을은 으뜸을 아무나 한다."
"네가 어떻게 아무냐? 잔머리로 따지면 너를 누가 따르겠냐?"

"야, 내 이름이 왜 범인 줄 아냐?"
"하긴, 우리보고는 범고래라고 하고."
"범은 말이야, 땅 짐승 중에서 제일 세. 사람 정도는 발에 스치기만 해도 죽을 수 있어."
"그런 범이 산 마을을 습격했는데 우리 큰 작살 으뜸 어른이 그 범을 쫓아내려 온 거야."
"하긴, 바다에서 산더미만 한 고래도 잡는 으뜸 어른이라면 범 정도는 잡을 만했을 거야.”

"그때 나를 주워다 동네 벼를 가꾸는 집에 맡겼는데, 그래서 내가 범이가 된 거야.”

"그런 주워다 기른 나를 으뜸을 시키는 웃기는 마을이야.”

"하긴, 너희들은 고래와 친구도 하는데.”

고래마을 사람들과 범고래 제이미

초판 1쇄	인쇄 2023년 07월 28일
초판 1쇄	발행 2023년 08월 17일
지은이	조민석
편집	김지홍
디자인	채하림
펴낸곳	도서출판 북트리
펴낸이	김지홍
주소	서울시 금천구 서부샛길 606 30층
등록	2016년 10월 24일 제2016-000071호
전화	0505-300-3158	팩스 0303-3445-3158
이메일	booktree11@naver.com
홈페이지	http://booktree11.co.kr
값	13,000원
ISBN	979-11-6467-137-3 (03810)

· 이 책은 저작권에 등록된 도서로 저작권법에 따라 무단전재 및 복제와 인용을 금지합니다.
· 이 책 내용의 전부 및 일부를 이용하려면 저작권자와 도서출판 북트리의 서면동의를 받아야 합니다.
· 잘못된 책은 구입하신 서점에서 바꾸어 드립니다.